ドラゴン討伐！
やりおった、
やりおった!!
食うのだ。
はよ食えなのだ。
◇優先コメント◇
鬼翔院柚子
お見事。
10000 -4.7MIN.
「よし、焼いて食うぞ！」
「あー、やっぱりそうなるんだ」
JN151579

【ナガ】

ダンジョンで25年間もサバイバルした青年。未知の力により見た目は20代のまま。スイを助けた場面が配信され、一発で有名人になった。

【ヒルネ】

スイのパーティメンバーで、斥候役の少女。マイペースで単純なせいか、ナガの強さに一番憧れている。

「なにこれ、めっちゃ美味しい！」

「竜種ってこんなに美味しいのですね」

「肉食の動物は美味しくないってよく聞くけど、全然臭みとかないですわー」

【スイ】
ピンチのところをナガに助けられ、彼に弟子入りした少女。魔法の適性が高い。(一応)常識人枠。
【トウカ】
同じパーティのタンク役。お嬢様系で物腰は柔らかいが、実はメンバー随一の頑固者。

横を向き……思わず息をのんだ。真っすぐな、澄んだ瞳だ。
初めてスイと目があったような錯覚さえ覚えた。
「一緒に戦っていい？
少しでもナガの助けになるなら、
私はもっとナガと一緒に戦いたい」

ダンジョンに閉じ込められて25年。救出されたときには立派な不審者になっていた 1

乾茸なめこ

HJ文庫
1220

口絵・本文イラスト　芝

CONTENTS

一章

どこからどう見ても、紛《まぎ》れもない不審者《ふしんしゃ》である。

一九〇センチ近い長身、細身の体、やや猫背《ねこぜ》。髪《かみ》の毛はガタガタのボブカットで、ヒゲは掴《つか》めるくらい長い。上半身は裸《はだか》で、下半身には薄汚《うすよご》れたふんどし一丁。背中には紐《ひも》が千切れかけた鼠色《ねずみいろ》のリュックサックを背負い、右手には錆《さ》びた手斧《ておの》、左手にはこんがり焼けた骨付き肉。

何《なに》を隠《かく》そう、俺《おれ》——永野弘《ながのひろし》の姿だ。

誰《だれ》かに見られた瞬間《しゅんかん》、即座《そくざ》に警察に通報されるような出で立ちだが、何も問題はない。なぜならここは、ダンジョンのそれもかなり深い層だからだ。

ダンジョン。

ゲームを代表に、小説や漫画《まんが》などでも描《えが》かれることの多い冒険《ぼうけん》の舞台《ぶたい》。

地下へ地下へ伸びる、モンスターや罠《わな》、そしてお宝と神秘に満ち溢《あふ》れた迷宮《めいきゅう》だ。

そんなダンジョンが地球に突如《とつじょ》発生して——何年経《た》ったんだろうな。いやマジで。

たまには過去を振《ふ》り返らないと、本格的に人間を辞《や》めてモンスターに変わってしまいそうだから、久しぶりに思い出してみるか。

俺がダンジョンの深い層で、謎《なぞ》の半裸《はんら》おじさんになった切っ掛《か》けの日ってやつを。

◇

タッパは低いが横にがっしりとデカい、山賊《さんぞく》みたいなツラの男が、地面に転がっている頭蓋骨《ずがいこつ》を足でひっくり返した。

『おい、ナガ。見ろよこれ』

ナガは俺のあだ名だ。合計四人で組んで仕事をしている俺らは、互《たが》いにあだ名で呼び合っている。

ボロボロに崩《くず》された中世の要塞跡《ようさいあと》地みたいな地形。偽物《にせもの》の月明かりが照らす下で、転がった頭蓋骨から下あごがポロンと外れた。奥歯《おくば》の部分がきらりと月明かりを反射する。

『お、金歯じゃねーか』

外れた下あごを拾い上げ、ナイフでえぐって金をとると、要《い》らなくなった骨はそこらに放り投げた。砕《くだ》けた石畳《いしだたみ》の隙間《すきま》から伸《の》びた雑草に落ちたのか、音は立たない。

『スケルトンも金歯とかしてんだな。金歯狩《が》りでもして一攫千金狙《いっかくせんきんねら》うか？』

山賊野郎《さんぞくやろう》のヤスが下品な顔で笑う。

スケルトンは動く骨格標本みたいなやつだ。どうやって動いてんのかは知らんが、骨盤《こつばん》を叩《たた》き割《わ》れば死ぬ。死ぬっていう表現はおかしいかもしれないが、とりあえず、それで動かなくなる。

『割に合わねぇよ。地味にめんどくせぇし』

ぼやいたのは、坊主頭《ぼうずあたま》に黒縁《くろぶち》眼鏡で、真面目そうな顔した男だ。

メガネと呼ばれているが、この中で一番暴力に手慣れている。

『お前らうるせぇんだわ。仕事中くらいは静かにしろよ殺すぞ』

チビで痩《や》せぎすのニット帽《ぼう》君が脅《おど》すような口調で言った。こいつが今回のダンジョン探《たん》索《さく》の「ボス」だ。

俺らは日雇《ひやと》い労働者みたいなもん。ダンジョン前で自称《じしょう》会社さんの人に集められ、適当に分けられて潜《もぐ》る。このイキったニット帽のガキは、会社さんの使いっ走り兼《けん》、俺らのお目付け役だ。

『殺さなくてもそのうち減るさ。それがダンジョンだ』

ヤスが言う。「ボス」を除いた俺ら三人はヘラヘラと笑った。「ボス」だけがイラついた様子で、手に持ったバールのようなもので、自分の肩《かた》をトントン叩く。

このとき、たぶん、俺だけが感じた。先頭にいたからかもしれない。

――空気が変わった。

ハンドサインを出し、立ち止まる。全員無言で足を止め、息を潜《ひそ》めた。

どんよりと空気が濁《にご》ってくるように感じる。重苦しい緊張感《きんちょうかん》だ。心臓が早鐘《はやがね》を打ち、視野がじわじわと狭《せま》くなってくる。

ざっざ。ざっざ。

遠くから草を踏《ふ》みしめる音が近づいてくる。

ゆっくりと、半壊《はんかい》した石壁《いしかべ》に身を寄せ、そっと音の方を覗《のぞ》いた。瞬間、背筋に冷たいものが走る。

『トレインだ!!』

思わず叫《さけ》んだ。

敵に追われた獲物《えもの》が逃《に》げ惑《まど》ううちに、次々と色んなエリアの敵に狙《ねら》われてしまい、大集団を作り上げる。それがトレイン。

しかも今回の場合は最悪だった。

先頭を走る――獲物役がラミア。蛇《へび》の体に、人間の女の上半身がくっついたモンスター。

そして、それを追うのが数えきれないほどのスケルトンの集団。

俺らは目を合わせたのも束《つか》の間《ま》。散り散りになって、全力で走って逃げだした。

トレインで追われているやつが考えるべきことは単純だ。逃げ切るか、誰かになすりつけるか。

スケルトンは俊敏《しゅんびん》ではないが、疲《つか》れ知らずだ。逃げ切れはしない。ならば、他の獲物になすりつけるしかない。

そして、ラミアは蛇の能力――ピット器官を持っている。要は、熱を探知できる。つまり、どれだけ息を殺して物陰《ものかげ》で縮こまっていようが、ラミアは絶対に俺らを見つけ出す。

この中の誰かがなすりつけられる。確実に。それが自分じゃないことを祈《いの》りながら、他の奴《やつ》と違《ちが》う方向に逃げるしかない。

俺は走った。

次々に聞こえる人間の断末魔《だんまつま》のさけびにも振り返らず、がむしゃらに走った。吸う息、吐《は》く息、いちいち血の味がするまで走った。

トレインから逃《のが》れたあとも散々だった。いつの間にダンジョンの奥《おく》に入ってしまったのか、出てくるモンスターは格上の手に負えないやつばかり。逃げて隠れて走ってを繰《く》り返すうちに――。

『どこだ、ここ』

俺は完全に道を見失ってしまった。

おそらくは、ダンジョンの深い階層と思われる場所で。

◇

あれからは大変だった。

たどり着いたのは、大昔に映画で見た恐竜《きょうりゅう》時代みたいな植物が一面に生い茂《しげ》っている階層。

ダンジョンの始まり地下一層は、建物の内部みたいな造りをしている。そこから階段を下るにつれて建物の外に出るようになり、やがて人の痕跡《こんせき》がまばらになって、自然物の割合が増えていく。

完全に人工物がないこの階層は、もはやどれだけ深いのかもわからない。

ただ、それは完全に悪いことばかりではなかった。

ダンジョンの浅い層は人工物が多い。つまり、水場や食料を得るのが大変なのだ。出てくるモンスターも生物ではなく、ゾンビやスケルトンなんかの、動く死体がほとんど。手持ちの水と食料で突破《とっぱ》するしかない。深い階層は、モンスターとの生存競争にさえ勝てれば、とりあえず食い物に困りはしない。

その日から俺は大きな木の洞《うろ》に身を隠して眠《ねむ》った。草木の若芽や、虫、小さなトカゲなんかを食べるところから始まり、少しずつ倒《たお》せるモンスターを倒していき、気づけばこの階層での生活も安定するようなっていた。

「といっても、結局出れないいんじゃなぁ」

食事中に乱入してきて、焚火《たきび》を踏みつぶしやがった、翼《つばさ》付きのトリケラトプスみたいなモンスター。その死体に腰《こし》かけてぼやく。冷血動物のくせにデカいからか、人肌《ひとはだ》よりもあったかい。

体長六メートルくらいはあるモンスターだって、楽に倒せるようになった。ここに下りてきたときは、素人《しろうと》に毛が生えたような冒険者《ぼうけんしゃ》――ダンジョンで日銭《ひぜに》を稼《かせ》ぐ者は、そう呼ばれていた――だった俺にとって、ありえないくらいの成長だ。

骨付き肉にがぶりと食《く》らいつく。味付けもなければ血抜《ちぬ》きもしていない、生臭《なまぐさ》い肉。とっくに慣れたが。

食料は問題ないんだ。実力に関しても、ここらの階層を多少上下しながら探索できるくらいには強くなった。ただ、水がなぁ。

来るときに持っていた、サバイバル用品の浄水《じょうすい》キットはとっくに使い果たしている。ビニールバッグみたいなのに粉が入っていて、汚水《おすい》に投《な》げ込《こ》んで数時間待てば、中に綺麗《きれい》な飲み物が出来上がっているという、アレだ。

この階層には、とても衛生的とはいえないものの、水源が存在する。だからこそ長期間生き延びられた。逆に中層から上の方の階層は水が手に入らないんだよな。

水がなければ人は動けない。上の方の階層はモンスターが弱いといっても、一切《いっさい》水を飲まずに踏破《とうは》できるような距離《きょり》じゃない。かといって、このまま一生ダンジョンの地下で暮らすっていうのも耐《た》え難《がた》い。地上に戻《もど》ったところで何があるってわけでもないが、それでも人間社会ってやつが恋《こい》しい。

——やってみるか。

ダンジョン深部から、地上を目指すことが無謀《むぼう》な挑戦《ちょうせん》。聞く人によっては何を言っているんだこいつは、と思われるようなあべこべな状況《じょうきょう》だ。

「ま、最悪ゾンビの汁《しる》でもなんでも飲んでやるさ」

俺は白亜《はくあ》紀《き》の原生林みたいな環境《かんきょう》で、可能な限りの準備を整えて、逆ダンジョンアタックを開始した。

地球に突如として現れたダンジョン。それによって世界はファンタジーなものに――ならなかった。人の枠《わく》を超《こ》えた力。それはある。魔法《まほう》や魔法の道具。それもある。ただ、それは漫画やアニメで見るような派手で華《はな》やかなものじゃない。目で追えないような速さで走ることは出来ないし、氷の槍《やり》を乱射するようなことだってできない。社会の仕組みだってそうだ。緩《ゆる》やかには変われど、劇的な変化は起こらない。

◇

関東ダンジョン多摩《たま》エリア二一層、通称《つうしょう》「神殿《しんでん》墓地エリア」。

屋外の墓地が延々と広がり、ところどころに神殿のような建物が並んでいる。その神殿の礼拝所によく似た空間で、三人組の若い女性が焚火を囲んで体を休めていた。三人の背後には、小型のドローンが無音で浮《う》かんでいる。

「それじゃあ、しばらくは休憩《きゅうけい》になるからみんなも休憩してねー」

胸甲《きょうこう》と細身の剣《けん》を装備した少女、スイがドローンに向かって手を振った。

一人一台、それぞれがカメラ付きのドローンで配信しているのだ。この配信は娯楽《ごらく》目的で視聴《しちょう》する者も多数いるが、元来はダンジョンに入るすべての民間人に義務付けられたものでもある。

平和な国、日本。そこに突然《とつぜん》現れた危険地帯であるダンジョンに、民間人が無資格で入ることなどできない。

国家資格である特定地下探索者免許《めんきょ》試験に合格したのち、一般《いっぱん》社団法人特定地下探索者協会と、公益社団法人特定地下探索者協会の二つに加入。それから二か月間の法定研修を受け、地下探索従事者証と、探索中に休みなく配信し続けるドローンを受け取って、ようやくダンジョンに潜ることができるのだ。

ちなみに両協会の加入費として合計で六〇万円ほどがかかり、さらに年会費として毎年一二万円がかかる。さらに毎年六回の研修参加が義務付けられており、それの参加費用として毎回三万円かかるため、実質の年会費は三〇万円くらいになる。

単純なダンジョンへの憧《あこが》れで始めるには、あまりにも高いハードルだ。

さらに、ダンジョンで手に入れた物品はすべて協会が強制的に買い取り、入金は月末締《し》めの三か月後払《あとばら》い。不正が出来ないよう、ダンジョン内では常にドローンに撮影《さつえい》され、配信され続ける。

現代のダンジョンにおいては、ナガのようなチンピラや食い詰《つ》め者が入る余地はない。

少女たちの腕《うで》についたスマートウォッチからアラーム音が鳴る。休憩を終えた彼女《かのじょ》たちは立ち上がり、大きく伸びをした。

「んんん、あとは階段見つけて中継《ちゅうけい》地点の設営。ダンジョン攻略《こうりゃく》も楽じゃないですな〜」

黒の戦闘服《せんとうふく》とボディーアーマーに身を包み、短弓《たんきゅう》を手にした少女がドローンに吊《つ》るされた荷物を叩いた。魔法と科学の組み合わせで作られたこのドローンは、白くのっぺりした電子レンジのような見た目ながら、無音で宙に浮かんで撮影・配信を行うばかりか、二〇〇キログラムまでの荷物を運ぶことができる優《すぐ》れものだ。

「とはいえ、大事な任務ですから頑張《がんば》りましょうね」

全身鎧《よろい》と大きなメイスで物々しい武装をした少女が穏《おだ》やかな声で言った。装備こそ重量級だが、優《やさ》し気《げ》な表情はどこか聖職者のような神々《こうごう》しさがある。

「それはそう。画面の前のみんなもご存じの通り、私たち先遣隊《せんけんたい》がビーコンを設置しないと、後続の本隊が無駄《むだ》にダンジョンをさまようことになっちゃう。さらに下層を目指す人たちも、この階層を探索する人も、ビーコンを頼《たよ》りに探索するんだから、本当に大事なんだよ」

スイが指をドローンに突《つ》きつけるようにして言った。

肩のあたりで綺麗に切り揃《そろ》えられた黒髪《くろかみ》、透《す》き通るような白い肌《はだ》に、長くカールしたまつ毛。胸甲と細剣という装備も相まって、まさに姫騎士《ひめきし》といった印象だ。ドローンの表面に表示されて流れる配信コメントにも、容姿に触《ふ》れるようなものが多い。

「それでは、不死払《ばら》いの加護をつけますね」

重装の少女がメイスを右手で掲《かか》げ、左手で小さな宝石のようなものを握《にぎ》りながら、小さな声で呪文《じゅもん》を唱える。

『セ　オエ　テ　イア　アイ　アヴァツ　エ　マナ　リ』

メイスから迸《ほとばし》る白い光を受けた三人は、礼拝所を出た。

早速《さっそく》現れたのは長剣《ちょうけん》で武装した三体のスケルトン。眼窩《がんか》には黄色の鬼火《おにび》が揺《ゆ》れる。

「黄色三、近くに遠距離《えんきょり》なし！　楽勝！」

短弓の少女が元気よく言った。

スイと重装の少女が走り出すと同時、三体のスケルトンも距離を詰めるように走り出した。

全身鎧と錆びたスケルトンの長剣が衝突《しょうとつ》し、火花を上げる。構わず振りぬかれたメイスが骨盤を粉砕《ふんさい》し、スケルトンがバラバラに崩れ落ちた。

スイは顔に突き出された切っ先を屈《かが》むように避《さ》けると、一体を蹴《け》り飛ばし、もう一体の骨盤に鋭《するど》い突きを差し込んだ。また骨が崩れ落ちる。蹴り倒されたスケルトンが立ち上がる前に、スイは左手のひらを向けた。

『アフィ　レ　オ　マロシ』

指輪が光り、手のひらに生み出された火球が飛ぶ。野球ボールほどの火球はスケルトンの骨盤を的確に撃《う》ち抜《ぬ》き破壊《はかい》した。一息ついたところで、短弓の少女が鋭い声を上げる。

「何か来る！」

月明かりが陰《かげ》る。冷たい風が吹《ふ》いた。

三人の前にゆっくりと姿を現したのは、ボロボロのローブを身に纏《まと》った、魔術師《まじゅつし》のような見た目の骸骨《がいこつ》だった。右手には手斧、左手にはねじくれた木の杖《つえ》を持っている。

「――レイス」

スイは息をのんだ。

腐《くさ》った皮膚《ひふ》が張り付いた骸骨がカラカラと嗤《わら》う。眼窩の奥に光る鬼火は、赤。

「赤は……厳しいですね」

一般的《いっぱんてき》に、アンデッドの強さは鬼火の色でわかると言われている。弱い順に、無し・水色・黄色・赤色。それ以上は観測されていない。事実上、最強のアンデッドと言えるのが、赤の鬼火の個体だ。

「ま、まだ来てる！」

後方で警戒《けいかい》していた短弓の少女が悲鳴を上げた。

レイスの背後から、さらにもう一体レイスが現れた。眼窩の光は――。

重装の少女の声は震《ふる》えていた。彼女はこのパーティーで最も対アンデッドの経験が豊富だ。だからこそわかる。

「むらさき、ですか？」

「か、勝てません。撤退《てったい》を」

言いながら、直感していた。撤退は叶《かな》わないだろうと。散り散りに逃げれば、もしかすると一人は生き残るかもしれないが、恐《おそ》らくそれは自分じゃない。最も重装備な分、最も足が遅《おそ》い。絶望の中、それでも前に一歩、足を進める者がいた。スイだ。

「バランス型の私が、一番生存率が高いと思う。隙《すき》を見て逃げるから、二人は先に逃げて」

レイスたちに細剣を向ける。逃げろと言われた二人は何かを言おうと口を開け閉めしていたが、スイが魔法の詠唱《えいしょう》を始めたのを切っ掛けに、背中を向けて走り出した。

仲間の自己犠牲《ぎせい》を心が拒《こば》んだとて。ダンジョンでは簡単に人が死ぬ。ときにはあっさりと、実力者揃《ぞろ》いの大集団とて命を落とす。それは、彼女たち自身にとっても例外じゃないと知っていたからだ。

二人はスイの身を案じながらも、来た道を全力で引き返した。

強敵。それも複数を一人で相手取るときは、下がりながら戦うのが定石だ。

宙に浮くレイスの杖から黒い球体が放たれる。大きく横に回避《かいひ》。着弾《ちゃくだん》した背後から、粘《ねば》っこい液体がぶつかった音がした。赤のレイスが滑《すべ》るように接近。振るわれた手斧をしゃがむように回避。細剣で一突きし、バックステップで距離をとる。

横にかわす。後ろに下がる。上下にかわす。後ろに下がる。合間合間に攻撃《こうげき》を挟《はさ》みながら、広大な墓地を下がる。

踏みしめた地面が揺れた。嫌《いや》な予感がし、即座にバックステップ。ついさっきまでスイが足を置いていた場所に、腐った腕が突き出された。冷たい土を押《お》しのけて出てきたのは、目に黄色い鬼火を宿したゾンビだ。

冷汗《ひやあせ》が頬《ほお》を伝う。

スイがしてしまった想像を裏付けるように、周囲の墓が揺れた。次々と地面から這《は》い出て来るゾンビやスケルトン。二体のレイスが嗤った。

「……トレイン」

スイは唇《くちびる》を噛《か》んだ。

◇

まずい。もう水が切れた。

太い木をくりぬいただけの、お手製の樽《たる》の中身はもう空っぽだ。斧《おの》で樽の内側を剥《は》がして、湿《しめ》った木の繊維《せんい》をしゃぶりながら裸足《はだし》でぺたぺたと歩く。

唯一《ゆいいつ》の救いと言っていいのは、もう九階層も人工物のあるエリアを上がっていることだ。もう幾《いく》らか進むことが出来れば、他の冒険者やらに助けを求めることが出来るかもしれない。

助けるメリットがないと見捨てられるかもしれないが、そこはアテがある。リュックには幾らか、金でできた装飾品《そうしょくひん》が入っているのだ。これで交渉《こうしょう》すれば、助けてくれなくとも、多少の水は分けてくれる可能性だってある。

「はぁっ、はぁっ」

渇《かわ》きに自然と息が上がる。墓場から起き上がったゾンビの頭をカチ割り蹴とばした。燃料が手に入ったら、こいつらを焼いて蒸留みたいなことをすればいいかもしれないな。可燃物くらい、どっかで手に入るだろう。

雲に偽物の月が覆《おお》われて視界が悪い。燃料を探すのは次の階層が良いかもな。そんなことを考えていると、はるか先でぽっと小さな光が浮かんで消えた。魔法だ。それも炎《ほのお》の魔法だ。

アンデッドはあまり光る魔法を使わない。黒いネチャネチャを飛ばしてくるのがほとんどだ。十中八九、光った場所に人間の魔法使《まほうつか》いがいる。人間が、いる！

「はぁっ、はぁっ、はぁっ」

視界の先には、無数のアンデッドを相手に、下がりながら戦う少女の姿が。

どうやらトレインを引き起こしているようだが、そんなことはどうでもいい。なんでこんな所に一人でいるのか、そんなこともどうでもいい。

「水ぅうううううう！」

一刻も早くアンデッドを片付けて、水を分けてもらおう！

俺は躊躇《ためら》いなく、手斧だけをたのみにアンデッドの群れに飛び込んだ。

正面のゾンビを掴んで、左のスケルトンとの盾《たて》に。ダッキングで次のゾンビの懐《ふところ》に潜り、飛んできた魔法の盾に。右のスケルトンは腰椎《ようつい》を切り飛ばす！

大ぶりの剣をかわしたら、反撃《はんげき》のラリアットで数体巻《ま》き込んでなぎ倒す！

脳からドバドバと汁が溢れてくるのを感じる。水だ！　人だ！　日本社会だ！

昔は脅威《きょうい》だったアンデッドのトレインだって今となっちゃ楽勝だ。それもまた、なんだかとにかく気持ちいい！

「げ、原始人……？　亜人《あじん》系？」

背後から聞こえる声だって気にならねぇ！

骨と腐肉《ふにく》を蹴散《けち》らしていると、目の前に赤い鬼火を浮かべた、ローブ姿のアンデッドが割り込んできた。互いが振った手斧がぶつかり、跳《は》ね上がる。

「よう、久しぶりだなぁ」

こいつは、俺が身に着けている唯一の衣類、ふんどしの布を提供してくれたアンデッドだ。ちなみに手斧もこいつから奪《うば》ったものだ。あのときは命懸《いのちが》けの激戦だった。が。

近くにいた不運なスケルトンの肋骨《ろっこつ》を掴み、投げつける。飛んできたそれを邪魔《じゃま》そうに払《はら》ったローブ野郎《やろう》。その無防備になった手首を切り飛ばした。零《こぼ》れ落ちた斧を空中で掴み取り、錆びた斧の二刀流でローブ越《ご》しに斬《き》り付ける。嫌がって杖を振り上げたときに露出《ろしゅつ》した膝《ひざ》の皿を、奪った手斧が叩き割った。深く食い込んだ手斧から手を放し、怯《ひる》んだローブ野郎を蹴り飛ばす。

吹き飛んだローブ野郎は、アンデッドの群れの足元に埋《う》もれて、あっという間に見えなくなった。

やっぱ楽勝じゃねぇか。こうなりゃ勝負は決まったようなものだ。

長年に渡《わた》るダンジョン生活で学んだこと、その一。トレインは厄介《やっかい》だが、その物量そのものがモンスターの仇《あだ》になる。足を潰《つぶ》せば他のモンスターに巻き込まれ潰されるのだ。どれだけタフなモンスターでも、絶え間ない踏みつけ攻撃には耐えられず、為《な》す術《すべ》なく砕け散る。

視界の端《はし》で、紫《むらさき》の光が通り過ぎた。二体目のローブ野郎が、少女に忍《しの》び寄っている。なんて卑怯《ひきょう》な。

「ゴラァ！　そいつは俺の水だぁぁぁぁ！」

ボサっとしてるゾンビの頭を踏み越《こ》えて、ローブ野郎に空中から躍《おど》りかかる。全体重を乗せた一撃《いちげき》は、綺麗にそいつの頭を捉《とら》えた。

ばきっ。

嫌な音がした。右手の内が、急に軽くなる。くるくると斧の頭が飛んでいくのが見えた。

「マジか⁉」

振り返ったローブ野郎の眼窩で、紫の炎が躍る。密着する俺を払うように杖が振りぬかれた。咄嗟《とっさ》にしゃがむ。視界の上で、細長いものが揺れ動いた。髑髏《どくろ》の口から、黒い蛇がずるずると吐き出されている。

「あああ面倒《めんどう》くせえええ」

蛇の形をして動いちゃいるが、どうせこれも素材は黒いネチャネチャだろう。アンデッドが魔法で出すネチャネチャは、言うなれば呪《のろ》いのようなものだ。

油性インクみたいにベッタリとくっつき、ついた部分から体の末端《まったん》にかけて、全ての感覚を奪い取る。肩に食らえば腕から指の順に何も感じなくなり、首につけば視覚聴覚《ちょうかく》嗅《きゅう》覚《かく》味覚の全てを奪われる。長時間つきっぱなしにしていると、体力まで奪われて疲れ果てるのだ。

近くにいたスケルトンをぶん殴《なぐ》って長剣を奪い、背後のゾンビ一体を斬り捨てる。手斧で襲《おそ》い掛かって来たローブ野郎の攻撃をバックステップでかわして、口に長剣をねじ込んだ。

「よく噛んで食え、スルメ野郎！」

背後のゾンビを使って三角跳《と》びをし、咥《くわ》えさせた剣の柄頭《つかがしら》に飛び蹴《げ》りを入れた。硬《かた》いものを突き破《やぶ》る感触《かんしょく》。一瞬《いっしゅん》こちらに手を伸ばしたローブ野郎だったが、ふっとその力が抜け、眼窩の鬼火が消えた。

今のがボスみたいなものかな。それなら後は掃除《そうじ》をするだけだ。ローブ野郎が落とした手斧を振るい、残りの雑魚《ざこ》共を一気に蹴散らしにかかる。

——気づけば、立っているのは俺と少女だけだ。

流石《さすが》にトレインの大集団を倒すのは、雑魚であれ疲れる。俺は肩で息をしながら、フラフラと少女に近づいた。

「ちょ、え、なに」

思わずといった様子で少女が身構える。

「み、みず」

「え？」

「水を、くれ」

渇きの限界だったのだろう。足から力が抜け、俺は冷たい地面とごっつんこした。

：マジで原始人
：モンスターじゃなかったのか
：通報しますた
：こっち見んな

水がうめぇ～～～～。

俺はもらったペットボトルの水をガブガブと飲みながら、ドローンののっぺりとした表面に流れる文字列を眺《なが》める。あの後、少女は俺をドローンにくくりつけて神殿の中に運《はこ》び込み、持ち込んでいた物資の水を分けてくれた。今飲んでいるのは二リットルペットボトルの二本目だ。

「あ、あの！」

三メートルくらい距離をとった位置から少女が声をあげた。

「うす」

「先ほどは助けていただき、ありがとうございました！」

九〇度を超えて一二〇度くらいの角度で頭を下げる。礼儀《れいぎ》正《ただ》しい良い子だ。

「いや～、こちらこそ助かった。水がなくて、マジで死ぬかと思ったからな」

命の危機具合で言ったら、ぶっちゃけ俺の方が上だったと思う。それはそれとして、恩に感じてくれているなら、その方が都合がいい。

「この後は真っすぐ地上に帰るのか？」

「はい。私はそうするつもりです。えーと」

「永野弘だ。ナガって呼んでくれ」

「あ、ありがとうございます。私のことはスイと呼んでください。ナガさんはどうされますか？」

「地上に帰りたいんだ。良ければ連れて行ってくれると助かる」

「は、はい。それくらいでしたら」

よっしゃ。これで、これで地上に帰れる！

：危ないよ！
：やめとけ
：水もらっておいて図々しいな
：一緒に行動!?　く　さ　そ　う
：命より水　なんだよなあ

感動に打ち震えていたら、ドローンに一気に文字が流れた。なんかボーっと見ていたが、そういえばなんだこれ。

「今さらだけど、なにこれ？」

「えっ？」

空気が凍《こお》り付いた気がした。

「あ、いや、俺がダンジョンに入ったときには、まだこんな便利なものなかったなーというか、はは」

慌《あわ》てて誤魔化《ごまか》すように言う。

：おっと？
：密猟者か～？
：まだなかったって何年前の話や
：通報しますた

　目の前の少女の表情が厳しくなる。

「このドローンは全ての特定地下探索者に携行《けいこう》が義務付けられているものです。持っていないとは思いましたが、そもそも知らないなんて……あなた一体何者ですか？」

　その声は硬く、冷たいものだった。突然の疑いに俺は頭を抱《かか》えた。

　結構な年月が経っているはずだから、そりゃ色々と変化はあったと思う。ただ、こんな最先端《さいせんたん》でございますって感じの機械が、一般常識というか、なんなら免許証《めんきょしょう》みたいな扱《あつか》いになっているなんて思いもしなかった。

　流れてるコメント的なものからして、動画配信者とかの最新機材かなってくらいに思ったんだよ。

　目の前の少女――スイだっけか。彼女の見た目もいかにも育ちが良さそうな美人さんで、姫騎士みたいな服装しているから、金持ちのガキの道楽かな、なんてな。

「えーと、あのな。おじさんを疑うのはわかるんだけど、落ち着いて聞いてほしい。俺がダンジョンに入ったのは、西暦《せいれき》で二〇二五年頃《ごろ》のことだ。当時は義務とかそんなの無かったし、なんなら法的な整備が全然進んでなかったんだよ」

これは本当だ。

ダンジョンの入り口は、本当に世界中の色んな場所に突然生えてきた。コンビニくらいのサイズ感で、謎の真っ黒な素材でできた小さな建物だ。これが既存《きそん》の建物をぶち壊《こわ》して生えてきたり、渋谷《しぶや》のスクランブル交差点に生えてきたりして、世の中は大混乱になった。法整備も進まぬまま、都市部では警察や自衛隊が見張り、田舎《いなか》なんかではやっつけ工事の金網《かなあみ》で塞《ふさ》がれるだけだったダンジョン。行政と立法の対応が追い付かないまま、海外からの情報により、中で得られる物の有用性だけが広がっていったんだ。

規制されていなければ即《すなわ》ち合法。

就活に失敗していた俺だったり、派遣法《はけんほう》の改正で日雇いができなくなったおっさんだったり、そういった食い詰め物達《たち》は、ゴールドラッシュかのようにダンジョンに押し寄せた。

「二〇二五年？　もう二五年も前の話じゃないですか！」

「二五年も経ってたの⁉」

ということは、今二〇五〇年⁉　リアル浦島太郎《うらしまたろう》じゃん。というか俺、人生の半分ダンジョン確定⁉　ダンジョンに入ったのが二三歳《さい》のときだから、もう四八歳なのか。

：流石に嘘だろ

：いうて見た目で年齢わからん……

：原始人すぎて信ぴょう性あるｗ

：25年間もダンジョンで生き残れるわけない

：そこはほら、原始人だから

スイはパニくっている俺《おれ》を見て、大きく溜息《ためいき》をついた。

「その話が嘘か本当かは、外に出れば警察が調べてくれると思います。先ほど助けていただいた恩もありますので、外までは案内します。ただし、今の距離から近寄らないようにお願いします」

「案内してくれるだけで十分ありがたいよ。それに、たぶんだけど、俺めっちゃ臭《くさ》いからな」

深層の水場で返り血をちゃちゃっと流すだけの日々だったからな。

体をこするような布なんてないし、悠長《ゆうちょう》に水に浸《つ》かっていられるほど、深層の水場は安全じゃない。なんか細長い魚がめっちゃ股間《こかん》のあたりに集まってくるんだよな。あれたぶん、気づかなかったらエグイことになるタイプのやつだ。

「ええと、一五層にかなり設備が整えられた拠点《きょてん》があります。無駄遣《むだづか》いはできませんが、そこでなら簡易ですがシャワーを浴びることもできますよ」

「マジで⁉　うはぁ、二五年ぶりのシャワーじゃん」

スイは露骨《ろこつ》に嫌そうな顔をした。年頃の女の子にとっては怪談《かいだん》より恐ろしい話だろう。

「それに拠点には施錠《せじょう》できる休憩用の個室があるので、今日中にそこまで行っておきたいですね」

「あっ、そういう。確かにね、なるほどね」

女の子なんだし、そういう不安もあるのか。

俺からしたら「うひゃア、久しぶりのニンゲンだッ！」って感じだけど、スイ側からしたら、ダンジョンに現れた半裸《はんら》の不法侵入嘘《しんにゅううそ》つき大暴れおじさんだもんな。キモイとかじゃなくて怖《こわ》いわ、これ。地上まで案内してくれるってだけで、相当優しいのかもしれない。

「そうと決まれば、ぱっぱ行くか」

水は体に染《し》み込んだ。休憩は十分だ。俺たちは地上に向かって歩き出した。

一七階層。崩《くず》れた建物がまばらに並んでいる区画。

そういえば、俺がトレインに巻き込まれたのがこの辺りだったような気がする。気がするだけかもしれない。

ダンジョンは入り口こそたくさんあれど、どこからどこまで一つのダンジョンなのかはっきりわかっていない。東京の井《い》の頭《かしら》公園のダンジョンから入ったやつが、延々とさまよった末に、埼玉県の上尾《あげお》市《し》から出てきた、なんて話もある。

マシな方で日雇《ひやと》い労働者、悪くて野盗《やとう》みたいなのばっかりが潜《もぐ》っていた当時、ちゃんとマッピングできる賢《かしこ》い奴なんかいなかった。手描きの雑な地図で潜っていたんだ。

そんな調子で、広大なダンジョンの場所を正確に把握《はあく》するなんて不可能だ。

「当時はそんな感じだったんだよなー」

「えええ」

記憶《きおく》もだいぶ薄っすらしてきているが、道中の暇《ひま》つぶしで当時の話をしていると、スイがドン引きしていることがアリアリと伝わる声でリアクションしてくれる。

口頭で道を指示しながら、俺を先に歩かせる警戒っぷりだが、話をちゃんと聞いてくれるのがなんだか嬉《うれ》しい。

崩れた建物の陰から、二体のモンスターが飛び出してきた。ハゲたチンパンジーのような見た目で、粗末《そまつ》な腰巻《こしまき》と、骨のネックレス。手には一メートルくらいの短い槍を持った、二足歩行のモンスターだ。

ファンタジー作品の多くでは緑の肌で描《えが》かれるが、このダンジョンに出る個体は灰褐色《はいかっしょく》である。人工物が多いエリアで擬態《ぎたい》できるよう進化した、なんて予想をされていた。

「お、ゴブリンじゃん。懐《なつ》かしいな～」

ゴブリンたちは威勢《いせい》良く飛び出してきたものの、なぜか俺の顔を見て足を止める。不思議そうに仲間同士で顔を見合わせる。

『ぎゃぎゃっ？』

『ぐぅるるぎゃぁ？』

何かを問いかけるように俺に向け鳴いてきた。——まさかな。

「仲間だと思われてませんか……？」

「くっそ不名誉《ふめいよ》だな」


：原始人じゃなくてゴブリンでしたか。

：ちーっす、ゴブリンさん。やってるぅ？

：ゴブリンが戸惑うとこ初めて見た。

：モンスター名と区別するのに「ゴブリンさん」って呼んだるわ。


配信コメントは好き勝手に盛り上がっていやがる。腹立つな。

無造作に近づき、槍をそっと横にどかす。戸惑いを見せるゴブリンの顔面を左手で掴《つか》んだ。

「当時、こいつに殺されたやつがめっちゃいてさ」

後頭部を地面に叩《たた》き付ける。骨の砕《くだ》ける感触。

低い位置から右手の手斧《ておの》で、もう一匹《ぴき》の片膝《かたひざ》を切り飛ばす。でたらめに振《ふ》り回す槍を片手で掴み取り、前蹴《まえげ》りを顔面にぶち込んだ。目も鼻も潰れてやがる。ほっときゃ死ぬだろ。

「こいつら、めっちゃ力強いし、顎《あご》の力半端《はんぱ》ないし、素早《すばや》いし、地味にタフだしな」

「確かに、それはそうかも……」

お、スイもゴブリンに苦戦したクチか？

こいつらファンタジー作品だと雑魚代表みたいなツラして出てくるくせに、リアルだと中層最強まであるからな。武装して群れ作ってブチ切れ散らかしているチンパンジーって想像すれば、とても素人には相手できない強モンスターだってわかるだろう。

「私のレイピアだと、急所に刺《さ》さないと倒れないし、変なところに刺さったらなかなか抜けませんから……」

「あー、確かに」

刺突《しとつ》武器は非常に強力だが、筋肉質な相手には、刺すと抜きづらいというデメリットがある。まあ、斬撃《ざんげき》系は毛皮に効きづらいし、打撃《だげき》系は致命傷《ちめいしょう》を与《あた》えるのが大変だから、どれも一長一短なんだけど。

「魔石《ませき》がとれるので美味《おい》しいといえば美味しいんですけどね」

「あー、なんだっけ。妖精《ようせい》種、みたいな分類って今も使われてんの？」

「使われていますよ。といっても、分類が簡単じゃないので、未《いま》だに曖昧《あいまい》なところが大きいですが」

モンスターにも分類学を当てはめよう、みたいな考え方が昔にはあった。が、アンデッドの登場であえなく頓挫《とんざ》。そこで新たに提唱されたのが、モンスター専用の分類学だ。

「有核《ゆうかく》種、妖精種、不死種、獣《けもの》種、だったっけな。でもって、ゴブリンみたいな人に近い姿で魔石がとれるのが妖精種っと」

魔石というのは、モンスターの背骨の一部が変質した、よくわからんものだ。ゴブリンだと頸椎《けいつい》の一つが、無色透明《むしょくとうめい》なガラス質に変質している。こいつを上手《うま》いこと加工して、なんやかんやすると、魔法を利用する道具を作れるようになったりするらしい。俺が仕事で組む仲間に魔法使いはいなかったから、詳《くわ》しいことは知らん。とりあえず売れるから売るって感じだったな。

「竜種《りゅうしゅ》と魔獣《まじゅう》種が、昔は合わせて獣種と呼ばれていたこと、よくご存じですね」

「その昔の人なんだわ」

どうやら信じてくれていないご様子で。リアクション的にそろそろ信じてくれた頃《ころ》だと思ったんだが。そんな調子で、俺が適当にモンスターをぶっ飛ばしながらくっちゃべり歩いていると、気づけば一五層に入っていた。一五層は四階建てくらいのレンガ造りの建物が延々と並ぶ市街地って感じだ。

拠点まであと少し。

探索者速報（19541）
佐藤翠（101）
【悲報】スイちゃん、トレイン相手に殿になる【列車事故】

1.名無しのゴブリン
状況ざっくり説明すると
地下２１層でビーコン設置してたスイ、トウカ、ヒルネの３人が赤と紫のレイスに襲われる。
トウカ、ヒルネを逃がし、スイ１人で撤退戦。
失敗し、巨大なトレイン完成。まだ負傷していないのが唯一の救い。

2.名無しのゴブリン
配信見ながらだけど、ひとりで不安受け止めきれんくて、ここ覗きに来た

3.名無しのゴブリン
わかるわ。探索者が追い込まれてるの見るとお腹と喉がきゅってなる

4.名無しのゴブリン
とのってなに？

5.名無しのゴブリン
＞４「しんがり」な。逃げるときに最後尾になって、敵の追撃を引き受ける役目

6.名無しのゴブリン
>5かっけえ

7.名無しのゴブリン
言うてる場合か、死亡率高いんだぞ
火力も耐久もないヒルネや、足遅いトウカじゃなくてスイが殿なのは正しい判断だけど
頼むから無事に戻ってくれ

8.名無しのゴブリン
顔だけのくせに調子乗ってるからこうなる

9.名無しのゴブリン
ほな指先だけ勇敢なくせに調子に乗ってるお前から○んでおこうな

〜〜〜

225.名無しのゴブリン
なんだこいつ!?

226.名無しのゴブリン
原始人？　モンスター？

227.名無しのゴブリン
みずうううううって言ってなかったか？

228.名無しのゴブリン
水が飲みたいモンスターでもなんでもいいから、スイちゃんを助けてくれ！

229.名無しのゴブリン
は？？？
つっよ

230.名無しのゴブリン
レイス秒殺？　人間？

231.名無しのゴブリン
レイスってローブ越しだとダメージ通んないんだっけ

232.名無しのゴブリン
うおおおおお
ワンチャンあるぞこれ!!

233.名無しのゴブリン
余計な事すんな
おもんない

～～～

490.名無しのゴブリン
終わった？

491.名無しのゴブリン
勝った！
勝ちやがった!!

492.名無しのゴブリン
すげえええええ！　ナイスすぎる!!!

493.名無しのゴブリン
あ

494.名無しのゴブリン
あ

495.名無しのゴブリン
あ
って脱水かw

496.名無しのゴブリン
ビビらせやがってw

497.名無しのゴブリン
間違いなく英雄なんだけど、小汚すぎて素直に盛り上がれないwww

498.名無しのゴブリン
それなw

一五層は、屋外にも出ることができる、巨大な城のような構造をしている。西洋の様式の巨大な城と、城を囲む城壁《じょうへき》や尖塔《せんとう》があり、その外側にはまた同様の巨大な城が延々と繰《く》り返されているような感じだ。

一五層の拠点は、謁見《えっけん》の間みたいな巨大な一室を占拠《せんきょ》して作られていた。

出入り口になる扉《とびら》は鉄板で補強され、手前の廊下《ろうか》にはスライド式の鉄製の門や有刺《ゆうし》鉄線などの障害物がある。門の横には見張りの特定地下探索者がおり、俺らが通るときに不審《ふしん》そうにまじまじと観察された。

室内にはタイル状の板を張り合わせた壁《かべ》が建てられており、用途《ようと》ごとに部屋を作っているようだ。入り口のあたりは役所の受付前みたいな感じで、ベンチがずらっと並べられている。

水や行動食などの物資が置かれた倉庫なんかもあるらしく、様々なものが豊富に用意されているようだ。こんな場所にデカい拠点と豊富な物資だなんて、相当な金がかかってるな。

「つ、つきましたね……。生きて帰れるなんて……」

急に安心したからだろうか。スイがベンチにへたり込んだ。

無理もない。見たところまだ十代の少女だ。それがたった一人で大群相手に命懸けの戦いをしていたのだ。助けられた後だって、とても気を許せない激クサ不審者野蛮人《ふしんしゃやばんじん》の怪《あや》しいおじさんと二人きり。心身ともに疲《つか》れ果てていることだろう。

通りかかった探索者の若い男女がぎょっとした顔で俺らを見ていた。

「お、ちょうど良かった。そこの君たち。シャワーと、もしあれば衣類が欲《ほ》しいんだが、場所はわかるか？」

「あ、ああ。案内する」

男の方がたじろいだ様子ながらも答えてくれた。

「あんた、どうしてそんな格好になってるんだ？　それにひどい臭いだ」

「道に迷って帰れなくなってな。長いことダンジョンで暮らす羽目になって、この通りだ」

「それは災難だったな。よく生きてたもんだ。連れ帰ってくれたスイちゃんにはしっかりお礼した方がいいぜ。ほれ、これが下着類で、服ったらこの辺りの戦闘服《せんとうふく》だな。靴《くつ》は適当なサイズで選んでくれ。アメニティがこれ。シャワー室はこっちだな」

どれも無地のカーキ色で、これに着替《きが》えたら全身カーキ統一マンになってしまうだろう。それでも、ほぼ裸《はだか》の現状よりはマシだ。さっきまでは「ダンジョンにいる」という感覚が強かったが、拠点に来てからはなんとなく気恥《きは》ずかしさを覚えていたところだ。

「親切にありがとうな。というか、あの子のこと知ってるんだな。有名人なのか？」

男は驚《おどろ》いた顔をする。

「知らないのか？　結構人気なダンジョン配信者だぞ。というか、マジで臭いからさっさとシャワー行けよ」

「すまん」

大人しく案内されたシャワー室に入った。

狭《せま》いシャワー室には、シール状の張るタイプの鏡が備え付けられている。久々に自分の顔を見たが、あまりにも酷《ひど》い有様で笑ってしまった。

垢《あか》と土埃《つちぼこり》に血汚《よご》れが溜《た》まりすぎて、真っ黒になった肌《はだ》。ガッタガタに伸《の》びた髪《かみ》は、これまた各種汚れで動物園の羊みたいな質感だ。ずっと磨《みが》いていない歯はすっかり黄ばんでいて、目だけが爛々《らんらん》としている。

シャワーの熱い湯を浴びてみても、体の表面に膜《まく》が張ったような感覚。流れるお湯が真っ黒だ。俺はシャンプーとボディーソープを全力で使い、ボロボロ剥《は》がれる垢を全力でこそぎ落とした。四〇分は己《おのれ》の汚れと戦っただろうか。髭《ひげ》もしっかりと剃《そ》った。

なんというか、劇的なビフォーアフターだ。髪型《かみがた》こそなんか変だが、文明人に戻った気がする。

「ん？　んんん？」

何かおかしい。いや、変な顔という意味ではない。

「なんか、若くねぇか？」

鏡に映る姿は、どう見ても二〇代のものだ。二〇代前半くらいに見える。

おかしい。俺の年齢は四八のはず。なんなら、ワイルド過ぎる環境《かんきょう》で二五年間過ごしたんだから、見た目年齢はもっと老《ふ》けていたっておかしくない。なんでだ。あれか？　ずっとモンスターばっか食ってたからか？

二五年間もダンジョンにいると、心当たりが多すぎてわからん。やけくそになってはっちゃけてた時期もあるからな。

ま、こんだけ技術が進歩しているんだ。地上に戻れば、なんか分かるだろ。

考えても仕方のないことを頭から振り落とし、俺は久々の衣服に袖《そで》を通し、エントランスに移動した。

「よう、お待たせ。すっかり綺麗《きれい》になったぞ」

ベンチで目を閉じながら舟《ふね》をこいでいたスイに声をかける。薄目《うすめ》を開いて俺を見たスイは数秒間そのまま停止した。細い声で言う。

「え、だれ」

「俺だよオレオレ。さっき助けてもらった、半裸のおじさんだよ」

スイの目がカッと見開かれた。

「ええええええええ⁉」

うるさ。あ、こいつ、まつ毛長いな。あと歯が真っ白。俺《おれ》も地上に戻ってお金貯まったらホワイトニング行こ。

「嘘だ、絶対嘘だ！」

「マジマジ。こんな髪型《かみがた》俺しかいないって」

「あの格好で髪型なんて印象に残らないよ⁉　っていうか、本当にそうなら、さっきの話が嘘になるでしょ！」

混乱して言葉がぐちゃぐちゃになっているが、言わんとしていることは伝わる。

「いや、マジで四八歳なんだよ。あ、そうだ。免許証見る？　配信に映しちゃってもいいぞ」

今さら隠《かく》すものも、守るものもないからな。

あらゆるものが強制解約されているだろうし、賃貸《ちんたい》の家は当然のように強制退去だろう。銀行口座も五年以上入出金していないから凍結《とうけつ》されているはず。本人確認《かくにん》の身分証はもれなく期限が切れていて、それを再発行するための身分証もない。さらには、家賃スマホ電気水道、その他サブスクに引き落としの借金ばかりが残っているに違《ちが》いない。それらも時

効で消滅《しょうめつ》しているかもしれんが。

今の俺は、無敵の人なのだ。はっはっは。笑いごとじゃねぇわ。

俺が持っていた唯一《ゆいいつ》の文明製品、リュックサックの底に大事に大事にしまっていた財布《さいふ》を取りだした。いやぁ、ナイロンってすげえわ。どっちもボロボロだが、まだギリ使えるもんな。

俺の手元が配信に映るようにドローンの位置を調整してもらった。

流れるコメントには俺を疑うようなものがたくさんある。

「まぁ見てごらんなすって。まずこれが免許証」

リュックと財布で二重に守られていたからだろうか。意外にもカード類の見た目は無事そうだ。磁気やICは終わってそうだが。

「そんでこれが保険証。マイナンバーは面倒《めんどう》だから作ってなくて、これらがキャッシュカードとクレカね。で、こいつはカードローンのやつ。今でもカードローンってあんの？」

：5年前くらいに規制されてなくなったぞ

：ゴブリンさん、借金してたのかよ

：その会社ないなった

：逃げ切りおめｗ

「なくなったのか。お世話になりました」

俺は手を合わせて、救世主カードの成仏《じょうぶつ》を願った。

「そんでこれらがお店の会員カードなんかだな。当時はどんどんアプリ化されてたから、クリーニング屋とか弁当屋のポイントカードくらいしかないが。あ、そういえば当時のスマホなんかも、今だとかなり骨董品《こっとうひん》になるんじゃないか？」

俺は当時ですら型落ちになっていたオレンジフォンXを出した。激しい運動に巻き込まれてボロボロになっていたが、それでも原形はわかる。

：これってマジ？

：密猟者にしては手が込みすぎじゃね？

：いうて親の遺品とかの可能性も

：免許証の顔、まんまゴブリンさんだが

：気合の入ったヤラセですわ

：手が込んでるとかのレベルじゃないだろ

これでもまだ半信半疑といった様子。

別にこいつらを納得《なっとく》させる必要なんてないんだが、判断に困った様子のスイはチラチラとコメントを眺《なが》めている。疑われっぱなしも悔《くや》しいもんだ。何かないか、本人確認的《かくにんてき》なもんは――あ。

「あったわ、それっぽいの」

：やめろ

：頼むからやめてください

：本日のテロ会場はこちらですか？

：美少女の活躍を見に来たはずなんだけど、チャンネル間違えた？？？

：キモすぎオブザイヤーだろ

：俺らが悪かったんで勘弁してください

コメント欄《らん》は阿鼻叫喚《あびきょうかん》だ。何を映しているかというと、ドアップの俺の口内だ。

ほら、災害とか火災で亡《な》くなった人の身元を判別するのに、歯科治療《ちりょう》の履歴《りれき》を確認するだろ。そこからの連想で、来る途中《とちゅう》でスイに聞いてみたんだ。

『もしかして、今って銀歯とか金歯つけてる人あんまりいない？』

『銀歯？』

今どきの歯科治療は、人工的に作られた歯と同じ成分の詰《つ》め物を使うらしい。過去に銀歯を入れた人なんかも保険適用で変えられるってなもんで、銀歯そのものが歴史に消えていこうとしているようだ。時代の流れだな。

ということで、育ちが悪い俺はしっかり銀歯っ子だ。それを配信視聴者《しちょうしゃ》のやつらに見せつけてやった。おかげで疑ったことを大いに反省し、納得したようだ。

「で、でも、流石《さすが》にその、見た目が若すぎるって」

衝撃《しょうげき》が大きかったからか、スイの口調がフランクになっている。命を助け合った仲だ。気にはならない。

「俺もよくわかんねえんだけどさ。ドラゴン食ったからかも」

「絶対それじゃん」

「いやでも、ラミア食ったからかも。人魚っぽいし。ほら、人魚伝説あるじゃん」

「人っぽいの食べるのはやめよ？」

「長寿《ちょうじゅ》といえば、エルフも食ったな。リアルのエルフが長寿なのかは知らんけど」

「いやぁぁぁぁぁぁぁ」

なんでや。現実世界だと、エルフもダンジョンに湧《わ》く立派なモンスターだぞ。見た目こそ人間そっくりだが、追い込むと口がガバァッて首まで開くぞ。

「あ、食い物以外でも心当たりが」

「……言ってみて」

「石板に描かれた光ってる魔法陣《まほうじん》触《さわ》ってみたら、なんか光みたいなのが胸にすぅーって吸《す》い込まれたことあるわ」

「それじゃん」

「あ、でも逆に、悪魔《あくま》の指一〇本絡《から》めました、みたいなデザインの王冠《おうかん》拾って、被《かぶ》ってみたことも」

「んんんん、それは寿命《じゅみょう》が縮んでそう」

「大聖堂みたいな場所にあったゴブレットの中身を飲んだことも。めっちゃ苦かったわ」

「もうそれじゃん」

「あ、内側が七色に輝《かがや》く宝玉を割ったら、光が空にクルクル昇《のぼ》っていって『ありがとう、人の子よ』って聞こえたこともあったな」

「絶対神聖な存在じゃない!!」

「ああ、そういえば、森の奥《おく》で石の台座に突《つ》き立てられていた、めっちゃ豪華《ごうか》な剣《けん》を引き抜《ぬ》いたら、なんか声が聞こえてきたのも」

「聖剣《せいけん》⁉　勇者だったの⁉」

「『悪《あ》しき者よ、剣を戻し立ち去れ』って言われたから戻したわ」

「悪しき者なんじゃない‼」

スイは肩《かた》でぜぇぜぇと息をしている。

いやね、俺も少しやりすぎたなーと思ってるけど、そんなに全力でつっこまなくても。

：冒険しすぎだろ

：もうその全部合わせて寿命１００億年でいいよ

：嘘乙

：悪しき者ｗｗｗ

：もどせてえらい！

「あー、もう眠気《ねむけ》どっかいっちゃった」

スイが頭を抱《かか》えた。かわいそうに。でも、どれも本当の話だからな。

そんなアホなやり取りをしていると、にわかに入り口が騒《さわ》がしくなった。どかどかと荒《あら》い足音が聞こえる。

入ってきたのは、アサルトライフルで武装した、SWATみたいな恰好《かっこう》をした男たちだった。警察のダンジョン特殊《とくしゅ》部隊か？

ちなみにファンタジー作品によって、モンスターに対して銃《じゅう》の効きっていうのはマチマチだが、ことリアルにおいては普通《ふつう》に効く。というか、ぶっちゃけ剣だの斧《おの》だの使うくらいなら銃を撃《う》った方がよっぽど強い。

六人組の男たちは、銃口《じゅうこう》は地面に下ろした状態で、しっかりと距離《きょり》をとって俺《おれ》たちを半包囲した。鋭《するど》い目つきの代表格らしき男が、スイの配信カメラに映るように、手帳のようなものを見せつける。

「私は警視庁　特定地下治安対策課　巡査《じゅんさ》部長の田辺《たなべ》だ。佐藤翠四級特定地下探索者の配信は確認した。永野弘さん。あなたには現在、特定地下への無断立ち入り、および、銃刀《じゅうとう》法違反《ほういはん》の疑いがかけられている。任意ではあるがご協力を願いたい」

ずいぶんと堅苦《かたくる》しい言い回しだ。だが本当に不法行為《こうい》だと考えているなら、任意同行じゃなくて強制的に逮捕《たいほ》しているはずだ。だって、現行犯の真っ最中だからね。

隣《となり》で顔を真っ青にしているスイには悪いが、これ、警察は俺の話をけっこう信じてくれてるパターンじゃないか？

俺は友好的な笑《え》みを浮《う》かべて言った。

「警察署で話したいんで、送ってください」

田辺巡査部長は露骨《ろこつ》に嫌《いや》そうな顔をした。当たり前だ。警察が捜査《そうさ》を協力した民間人を護送している最中に、怪我《けが》や死亡なんてしたら責任問題だ。

必然、不自由なく俺を警察署まで送り届けなくてはならず、全力で護衛する羽目になる。

「わかった。君の安全は我々が保障しよう。その代わり、武器は捨ててもらいたい」

「うす」

俺はゆっくりと足元に手斧を置き、両手をホールドアップしながら、足で蹴《け》ってよこした。田辺巡査部長は怪訝《けげん》な顔をする。

「やけに手馴《てな》れていないか？」

「冒険者《ぼうけんしゃ》時代、こういうの結構あったんで」

ダンジョン関連の規制がなかったとはいえ、まともに武器を持ち込もうとすれば、銃刀法違反には違いない。モンスターを投石で殺してから武器を奪《うば》う手法が確立されるまでは、この手のトラブルはよく目にしたものだ。

警官の一人に入念なボディチェックをされ、リュックの中身まで確認された。中に入っている宝飾品《ほうしょくひん》を見た田辺巡査部長は「協会に入っていないなら没収《ぼっしゅう》になるな」と呟《つぶや》いた。くそが。

彼《かれ》らはもともと、現在地のほぼ真上にある八王子《はちおうじ》ダンジョン入り口の警備をしていたようだ。そこへスイの仲間からの救援要請《きゅうえんようせい》があり、配信を確認しながら地下に下りてきたらしい。

無事が確認できたとはいえ、俺が護送を頼んだついでということで、一緒《いっしょ》に地上まで送ってもらうことになった。

二台のドローンに吊《つ》るされたハンモックに寝《ね》そべり、スイに笑いかける。

「ラッキーだったな、帰りは寝台車《しんだいしゃ》だ」

「お気楽ですね。そのまま逮捕されるかもしれないんですよ」

膝《ひざ》を丸め、小さくなって運ばれているスイは唇《くちびる》をとがらせた。

「お、心配してくれてんのか？」

いじらしさを感じてからかってみる。

「心配というか……話を聞いたり行動を見たりしていたら、ナガさんが嘘《うそ》をついているようにも見えないんです」

おっと、思った以上にマジトーンだ。あと、動揺《どうよう》から立ち直ったのか敬語に戻っている。

さてはこの子、良い子だな？

「信じてくれて、おじさん嬉《うれ》しいよ。ところでスイちゃんは、家族や友達《ともだち》から、よく心配されないかな？」

「……っ！　誰《だれ》が騙《だま》されやすい子ですか！」

おっと、言葉の裏側をきっちり読まれた。けど、初対面の怪しいおじさんの言葉を信じるのは危《あや》ういと思う。信じてもらいたかったのも俺なんだけど。

よくねえな。久しぶりの対人コミュニケーションで、感情が浮《うわ》ついているようだ。

「まぁ、逮捕されんのは嫌だが、何が何でも避《さ》けたいってほどじゃないんだな、これが」

俺の言葉に、スイも周りの警察官も不思議そうな顔をする。

「ある程度の清潔さがあって、味のついた飯が食えて、周りに人間がいてさ。モンスターに襲《おそ》われる心配もなく、寝るときに神経を尖《とが》らせる必要もなくて、体だって洗える。えーと上がった階数からして……だいたい地下四五層か？　での暮らしに比べたら天国だろ」

沈黙《ちんもく》が集団を包んだ。みんな表情をこわばらせている。

「聞き間違いだったらすみません」

「おう」

スイが歯切れの悪い口調で言う。

「地下四五層って言いました？」

なんとなく、場の空気からして俺の発言がまずかったことはわかる。が、吐《は》いた唾《つば》は呑《の》めないし、聞かれた失言は耳から回収できない。リアルな吐いた唾くらいなら呑めるんだがね。

「あれー、地下二五階って言ったんだけどなー。聞き間違いじゃないかなー」

「そういうのはいいです」

「はい」

誤魔化《ごまか》せねぇかなと試みるがあえなく失敗。

「そんなおかしなこと言ったか？」

こう言っちゃなんだが、俺は別にめちゃくちゃあり得ん強いってわけじゃない。はず。

ダンジョンに潜《もぐ》る奴《やつ》らの中には、魔法《まほう》に代表されるように、特異な才能を開花させる者がいる。そういうのに比べたら、がむしゃらに喧嘩《けんか》殺法みたいなことをやっている俺は、かなり一般《いっぱん》の戦闘力《せんとうりょく》に寄っているはずだ。

はぁー、とため息が聞こえた。田辺巡査部長だ。

「実際、特定地下探索者の中には、単身で地下六〇階層まで到達《とうたつ》した者もいる。だから、地下四五階層到達それ自体は特別おかしなことではない」

「だが、地下三五階層より先で〝生活〟した人間は、記録上存在しない」

「……げっ」

「ほれみたことか」

田辺巡査部長によると、地下三五階層を境目にして、大きな区分がされているようだ。

地下一階層～地下三四階層が、「開拓領域《かいたく》」。

地下三五階層が「緩衝領域《かんしょう》」。

そして地下三六階層から先が「冒険領域」。

この基準は非常に単純なものだった。拠点《きょてん》を建築できるかできないか、だ。

三六階層から先は、巨大なモンスターが平然と歩き回るようになる。どれだけ頑丈《がんじょう》な拠点を建築したところで破壊《はかい》されてしまう。三五階層には基本的に巨大なモンスターが出現しないが、ごく稀《まれ》に、下の階層で自然発生したトレインが流れてくることがあるそうだ。

「全世界、どの国を見ても、探索の最高深度は地下六〇階層前後で止まっている。これは、探索者や軍の力不足によって起きるものじゃない。純粋《じゅんすい》に、補給の――兵站《へいたん》の限界がそこになっている」

田辺巡査部長の目がぎらりと光った気がした。

「どこの国も、こう考えているだろうな。『ああ、他のどの国にも先駆《さきが》けて、深層でのサバイバル技術を確立させたいものだ』と」

まずい。なんか無駄《むだ》に大げさな話に巻き込まれだしたような気がする。サバイバル技術だ？　そんなの、○○の先っぽから魚が入らないように気をつける、くらいしかねえぞ！

「もしかすると、君の事情聴取《ちょうしゅ》はすぐに終わるかもしれないな」

ふっと田辺巡査部長が笑った。

◇

「全然終わらねーじゃねーか!!!」

取調室の机を思いっきりぶん殴《なぐ》った。天板がへし折れ、M字みたいになる。

「終わるかもしれないな、ふっ。はどこ行ったんだよ、おい！」

「いや、済まないとは思っている」

目の前に座《すわ》っているのは、らしくない冷汗《ひやあせ》を流している田辺巡査部長だ。

任意同行でノコノコ警察署についていってから、もう五日になる。どうせ家もないんだからと留置所暮らしを満喫《まんきつ》しているが、いい加減、処遇《しょぐう》が決まらない状態に苛立《いらだ》ってきた。

二五年で変わった街並みだとか、今の社会ってどんな感じなのかなとか、そういう色んなことをすっ飛ばして警察署に来てんだぞこっちは！

あれ、警察署希望したのは俺だったっけ。そんなことはいいんだよ。

「とりあえず、身元の確認はとれた。当時の法律からしてダンジョンに入るのは違法《いほう》じゃねえ。ダンジョン内で拾った武器でモンスターと戦うのは緊急避難《きんきゅうひなん》の範囲《はんい》！　何も問題ねえだろうが！」

「問題ないことに困っているんだ」

「なにぃ？」

「地下四五階層でロクな装備も持たずに生きていける人間を、住所不定無職無資格の状態で、街に解き放てる訳がない……」

「あー……」

そりゃまずいな。法的には問題ないけど、どう考えてもまずいと。ダンジョンのモンスターを地上に放つのと、あんま変わんないもんな。あと、地味に今の服装は特定地下探索《たんさく》者《しゃ》協会？　の服だから、問題を起こせばそっちにも迷惑《めいわく》をかけるだろう。

「といっても、あくまで任意で滞在《たいざい》してもらっている状態だから、君が出ていくことを希望するのであれば、こちらには止める権利がないわけだが」

それもそう。というか、ぬるっと長期間警察のお世話になれている理由が、その任意ってところにあるからな。

行く宛《あ》てもないからのんびりしていたが、いい加減出るか？　ホームレスになったって、別に人生終わりってわけじゃないからな。

大都市の自治体なんかだと、ホームレスのシェルターが満員だったりで、適切な福祉《ふくし》に繋《つな》がれない問題がある。だが気合で徒歩移動して、ちょっと田舎《いなか》の自治体まで行ければ、案外すぐにシェルターに入って生活保護受けてって出来たりするもんだ。

生活保護の受給が確定する前でも、前借りで一日二〇〇〇円とか借りられたはずだしな。

「んー、じゃあ俺もう出るわ。そもそも警察ってあんま好きじゃないしな」

「そういうタイプに見える」

田辺は苦笑《くしょう》した。ロボット君かと思いきや、少しはユーモアのわかるタイプだったか？

「少しだけ待ってくれ。両協会に連絡《れんらく》を入れておく。それでも動きがないようであれば自由にしていい。警察としては最善を尽《つ》くした」

「うす」

ここ出たらどうしようかね。今まで見てきた人たちの様子からして、使われている情報端末《たんまつ》は、とっくにスマホじゃなくなっているみたいだ。スマートウォッチみたいなやつから、ホログラム画面を出して操作している。

　とにかく、昔よりもさらに情報化社会になっているはず。デジタル端末を手に入れないことには何もできない社会になっている可能性だってある。あらゆるセキュリティが向上しているとしたら、その辺でかっぱらって使うわけにもいかんだろうし。

「親切な人」に「ご協力」をしていただいて、生活基盤《きばん》作るか？

　ナガさんの完全犯罪計画を立てていると、田辺が戻《もど》って来た。

「待たせた……って、なんだ四〇〇〇万人くらい殺してそうな顔してるぞ」

「誰がスターリンじゃ。で、どうなった？」

「お迎《むか》えが来るらしい。協会の方で生活基盤を整えてくれるんだと、良かったな」

「そいつは良かった。晴れて俺も飼い犬か」

「野犬は全世界で根絶されたぞ。狂犬病《きょうけんびょう》もな。今の世界には飼い犬しかいないんだ」

　管理された犬しか要《い》らないってか。気に入らないところもあるが、納得するところもある。俺だってきっと、人生が順調なものだったら、そんな社会を心から歓迎《かんげい》していただろうからな。

　就活の時期に、銀行のシステムに大規模なトラブルが発生。そこからの金融《きんゆう》危機で、数年間大きな不景気が日本を襲った。国は金融緩和《かんわ》と大規模な公共事業を行って不景気の解消にあたったが、その間に俺が出来たのは、非正規での現場仕事だけだった。

あれよあれよと荒《すさ》んでいき、気づけば冒険者になっていた。その末が今の俺だ。

ネクタイ締《し》めて仕事して、結婚《けっこん》して子どもがいてっていう、あったかもしれない〝今〟。

そんな俺だったら、つけられた首輪に思うことなんてないはずだ。

部屋に若手の警察官が入ってきて、田辺に耳打ちをする。

「迎えがついたらしい。行くぞ」

「ついにか。久々のシャバだぜ。ううう、お世話になったな、とっつぁん」

「もう来るなよ」

お決まりのやり取りを挟《はさ》んで、俺はついに警察署を出た。

――その翌日。
右!! 左!! 中!! ジャラララ
中!! 右!! 左!! ジャラララ
俺はスロットを打っていた。二〇五〇年でもパチスロは生き残っていたらしい。やったぜ!
特定地下探索者という、一般人《いっぱんじん》より身体機能が高いやつらが現れたことによって、パチスロからは「目押《めお》し」という概念《がいねん》が完全に消えていた。もう店が設定した確率で回すだけの純粋な運ゲー。さみしいねえ。昔から運ゲーだろと言われてしまえばそこまでだが。

偵察《ていさつ》や斥候《せっこう》をよくしていた俺にとっては、音の洪水《こうずい》と言っても差し支《つか》えない、くっそうるせえ空間。だが、常に油断できない環境から日常生活に帰って来た実感が凄《すさ》まじい。

髪も切ってスッキリして、スロットもラッシュモードぶん回して気分上々って感じだ。

連チャンが終わったタイミングで特殊景品に交換《こうかん》し、なぜかパチ屋の近くにある古物商で買い取ってもらった。お金は電子マネーでスマートウォッチにチャージされる。

家やデバイスの問題は昨日あのあと、協会の人によって解決された。

俺の現在の扱《あつか》いは、昨日付で採用された協会の職員ということになっている。スマートウォッチは業務用端末が支給され、家は協会の名義で借りたマンションの一室を転貸借《てんたいしゃく》する形になった。

当座の生活費については、ダンジョン生活のレポートを有料で買い取ってくれる予定になり、それを前借りするという、スーパー錬金術《れんきんじゅつ》でチャージしてくれた。合法だよな？

転貸借っていうのは、俗《ぞく》にいう又貸《またが》しだ。大家さんから協会が借りて、それを俺に貸す。俺が家賃を滞納《たいのう》したり物件を傷つけたりしても、協会がちゃんとお金を払《はら》うから、大家さんにはノーダメージ。協会の社会的な信用あってのものだな。

スマートウォッチが振動《しんどう》する。電話の着信だ。協会の多摩《たま》エリア支部長さんだな。冷たい美人って感じで、とても良い。

「もしもし?」

『今何をされていますか?』

「彼女《かのじょ》かな? お散歩中っすね」

『特定地下探索者免許《めんきょ》の試験勉強は、極《きわ》めて順調という風に受け取ってよろしいですか?』

「苦戦中っすね~。何がって、そら体調がすぐれないもんで」

そうなのだ。今の俺は、マストで資格を取ることを求められている。

協会の職員という立場は、あくまで首輪をつけるのと、俺の身元をはっきりさせるためのもの。業務は全く求められていない。何もしなくていいから、さっさと探索者として活動できるようにしてくれと言われている状態だ。

『それで散歩、と』

「少しは体動かした方が良いらしいっすよ」

長期間ダンジョンに潜っていた影響《えいきょう》を調べるために、病院での検査もした。

最新の医療《いりょう》ってエグい進化してるのな。採血・検便・ようわからん全身スキャン。以上。

しかも三〇分以内に結果発表って感じだった。めちゃくちゃ健康に見える俺だが、一個だけ病気にかかっていることがわかった。それが。

「そらもう、少しでも健康的に過ごさないと、寄生虫が調子にのりますから」

『はぁー……』

生水飲むこともあったし、果物の生食もあったし。肉の生食こそしなかったが、生水って時点で良くなかったのだろう。しかもこの寄生虫がダンジョン産ということで、完全に未知の寄生虫だった。神経に張り付いているらしく、摘出《てきしゅつ》は難しいらしい。キモいね。

ちなみに、この寄生虫によって勉強に支障が出ることはまったくない。

シンプルに難しいんだよ。二五年間の法整備の集大成と、実際の運用についてと、協会規則と、ダンジョン環境やモンスターについての知識。行政書士試験の三分の一くらい勉強が必要な感じだ。

この前まで、半裸《はんら》で斧《おの》振《ふ》り回してたんだぞ！　無茶《むちゃ》言うな！

つーか、しれっとこの試験に合格してるスイってすげえな？

「試験ってリモートで選択《せんたく》問題がほとんどっすよね？」

『ええ、まあ』

「ほな、今日の枠《わく》で受けてみますわ」

『……協会としては、運だけで合格を狙《ねら》うことは推奨《すいしょう》しておりません。また、問題数も多いため、確率的にもほぼ不可能です』

「さっき七五〇分の一、当てたぜ」

『は？』

いやー、適当に座ったスロットのスペック確認したら、初当たり重すぎてびっくりしたね。よく大当たり引いたわ俺。

「とりあえず、試験結果出たら連絡しますわ」

そしてこの日の夕方。

——俺は見事に、運だけで試験に合格した。

法定研修は実務経験ありということで、最初の研修はスキップ。年六回の研修は特例措《そ》置《ち》がないからちゃんと出ろとのこと。本来この制度は元自衛官なんかが退職後に探索者になったときのためらしいが、俺も要件を満たしていたので適用。

というわけで。晴れて、俺も特定地下探索者としてデビューすることになった。やったぜ！

無職卒業である。と同時に、協会への加入費用で六〇万円ほど請求《せいきゅう》され、一文無しになった。ふざけんなよマジで。

都市部では金がないと飯は食えない。じゃあどうするか。ダンジョンに行けばいい。

聞いたところ、ダンジョン内にある拠点は、協会の金で運営されているらしい。このバカ高い加入費の一部もそこに充《あ》てられているとか。あとは探索者が持ち帰ってきたものを協会がすべて買い取り、転売して出た利ザヤなんかも資金源だな。

てなわけで、協会所属の探索者は、拠点内《きよてんない》の物資を好きに使っていいらしい。水や食料なんかもそうだ。ウマすぎるな？

俺は幾《いく》らかの物資だけ一〇〇均で購入《こうにゅう》してから、ダンジョンに向かった。

関東ダンジョン多摩エリア東小金井《ひがしこがねい》入り口。

かつては駅徒歩五分にあったマンションを粉砕《ふんさい》して生えてきたダンジョンの入り口に俺はいた。上下カーキの戦闘服《せんとうふく》、ちっちゃな袋《ふくろ》を一個だけ吊るしたドローン。武器は一〇〇均のキッチンナイフ。

見る人によっては無謀《むぼう》な装備だが、現地調達だけは俺が誇《ほこ》れる分野だからな。

ダンジョンの入り口を囲うように作られた、豆腐《とうふ》みたいな四角い建物に入る。受付でドローンを叩《たた》くと、ゲームのステータス画面みたいなものが表示され、それを読み取ってもらう。これで通行許可が下りた。緊張《きんちょう》はしない。恐怖心《きょうふしん》もない。かといって、別に懐《なつ》かしさや感傷もない。思っていた以上に、平常心だ。

俺はするっと階段を降り、ダンジョンアタックを開始した。

探索者速報（19628）
佐藤翠（103）
【悲報】スイちゃんの命の恩人、密猟者だった【ゴブリンさん】

1.名無しのゴブリン
２０２５年にダンジョン入ったって、流石に嘘

2.名無しのゴブリン
無許可でダンジョンって入れるもんなの？

3.名無しのゴブリン
都市部とか東京らへん、北海道と福岡と沖縄は無理って言われてるな

4.名無しのゴブリン
ダンジョン繋がってる説があるから、外国から陸続きで来れちゃうかもってやつな
その辺は自衛隊の監視が厳しいから無理
高知県とかはガバガバらしい

5.名無しのゴブリン
ほななんで関東ダンジョンにこいつ入ってるんや

6.名無しのゴブリン
そら群馬の山奥とかから入ったんやろ

7.名無しのゴブリン
２５年ぶりのシャワー www

8.名無しのゴブリン
病気になりそう（小並感）

9.名無しのゴブリン
こんなやつと行動してスイちゃん大丈夫なのか？

10.名無しのゴブリン
（社会的に）大丈夫（じゃないです）

～～～

303.名無しのゴブリン
昔のダンジョン探索、過酷すぎて草

304.名無しのゴブリン
ダンジョン周辺の治安も悪かったらしいな

305.名無しのゴブリン
当時は中からモンスターが出てくるとか言われてたしな
まともな人は引っ越したから、空き家に知らん奴が住み着いたりとか、色々大変だったってばっちゃが言ってた

306.名無しのゴブリン
!?

307.名無しのゴブリン
俺らをこうも呆気なく!?

308.名無しのゴブリン
探索者を何人も葬って来た俺たちを!?

309.名無しのゴブリン
>308これマジだからやめーや

310.名無しのゴブリン
ダンジョン出来てからの最大の変化って、ゲームとかでもゴブリンが強キャラになったことだよな

～～～

830.名無しのゴブリン
ドアップ口内、きたない（真顔）

831.名無しのゴブリン
ドラゴン食った!?

832.名無しのゴブリン
こいつドラゴン倒したの!?

833.名無しのゴブリン
ラミアとエルフ食えるなら人間も食えるだろ……

834.名無しのゴブリン
流石にゴブリンさん（本物）でもエルフは食わないと思うんだよね

835.名無しのゴブリン
ドラゴンの討伐って、前に鬼翔院のお嬢様と御曹司ペアがやって以来？

836.名無しのゴブリン
スイちゃんも食べられちゃうね（ニチャア）

837.名無しのゴブリン
>835確かそう。そもそもドラゴンあんま出てこないからな

〜〜〜

849.名無しのゴブリン
ゴブリンさんは勇者だった（錯乱）

850.名無しのゴブリン
悪しき者、納得すぎるわ

851.名無しのゴブリン
でもゴブリンさんの話、証拠品みたいなのはないんだよな

852.名無しのゴブリン
エンタメとしてはおもろいけど、まるっと信じるべきではないって感じや

853.名無しのゴブリン
あ

854.名無しのゴブリン
おまわりさんきちゃー

855.名無しのゴブリン
スムーズすぎる犯罪者ムーブwww

856.名無しのゴブリン
じゃあな、ゴブリンさん
お前のことは忘れないよ

857.名無しのゴブリンさん
なんか色々あったけど、スイちゃんが無事なのが一番うれしいわ

二章

地下一層。

思い返してみれば久しぶりに探索する階層だ。一～五層で出てくるのはコボルトとドワーフ。どちらも妖精種亜人系《ようせいあじん》のモンスターになる。スライムはだいたい壁《かべ》の隙間《すきま》に隠《かく》れていて、ほぼ遭遇《そうぐう》しないからノーカンだ。

人間という生き物は不思議なものだ。攻撃《こうげき》のための器官は牙《きば》ではなく手。ほとんどの知覚は目に頼《たよ》っている。どちらも体の高い位置についている。

普通《ふつう》、動物というのは自分よりも小さい生き物を狩《か》る。見下ろして戦うのが得意なのだ。だが人間だけは、自分の腰《こし》より低い場所にいる敵と戦うのを苦手としている。見下ろして戦うより、なんなら見上げながら戦いやすい構造になっているのだ。

とはいえ、自分より大きい相手は自分より強い。必然、人間にとって一番戦いやすい相手とは、同種である人間ということになる。

「ダンジョンは浅い層の方が敵と戦いやすいってのも変な話だがな」

俺《おれ》はいるかもわからない配信視聴者《しちょうしゃ》に話しかけた。

「普通、攻《せ》め込《こ》んでくる敵に対しては、前線ほど強力な兵を配置するもんだろ」

徐々《じょじょ》に難易度が上がっていくとか、学校の勉強じゃないんだから。

多摩支部：その通りですが、ダンジョンの発生理由や存在意義については何もわかっていないのが現状です。

ドローンの表面にコメントが流れた。いえーい、支部長ちゃん見てるー？

ビーコン情報を取得し、スマートウォッチがホログラムで表示したマップに従い、サクサクと下に降りていく。

地下三層。

石造りの建物内部みたいな迷路《めいろ》の先で、壁にかけられた松明《たいまつ》の光に揺《ゆ》れる、小さな人影《ひとかげ》を発見。ようやくモンスターのお出ましってところか。近づくにつれてコツコツと硬《かた》いものを叩く音がする。これはドワーフだな。無造作にその目の前に出る。

ドワーフ。

身長一五〇センチくらいの髭《ひげ》もじゃのおじさん。体つきはビール樽《たる》のようで、オーバーオールを着ている。

言葉の通じないモンスターではあるが、こいつらは何もしなければ敵対しない、穏《おだ》やかなモンスターだ。ダンジョンの壁を壊《こわ》してるんだか修復してるんだか分からんが、壁を叩いている様子がよく観察されている。

「お、当たりじゃねーか」

ドワーフはツルハシやハンマー、バールのようなものなど、鈍器《どんき》にも使える工具を持ち歩いている。今回はバールのようなものだ。

パンっ。

クリクリした目で不思議そうに見上げてくるドワーフに、思いっきりビンタをした。頬《ほお》を押さえ涙目《なみだめ》で、目を白黒させるドワーフ。おまけとして反対側の頬もビンタしてやった。戸惑《とまど》っているのをいいことに、持っていたバールを没収《ぼっしゅう》する。

「これこれ。冒険者《ぼうけんしゃ》時代はなー、当時はこれが一番人気の装備だったんだよ。ハンマーやツルハシも悪くないが、こいつが一番使いやすい。当時の冒険者はバール扱えて一人前だったな」

返して欲《ほ》しそうにつきまとうドワーフを蹴《け》り飛ばし、さらに下の階層へ。

地下四層で出てくるのはコボルト。

身長はドワーフとほぼ同じで、二足歩行の犬って感じだな。だいたい木の盾《たて》と棍棒《こんぼう》で武装している。足は短く戦闘《せんとう》時のステップは遅《おそ》いが、獲物《えもの》を追跡《ついせき》するときは四足歩行で素早《すばや》く走り回る。稀に噛《か》みついてくるのが地味に面倒《めんどう》くさい。

ファランクスのように盾をくっつけ、六匹《ぴき》の群れがじりじりと迫《せま》ってくる。

ダンジョンの壁を蹴って飛び上がり、群れの頭上を飛び越えた。社会性が高すぎるコボルトは不慮《ふりよ》の事態に対して反応が遅い。前後の入れ替《か》えにまごまごとしているうちに、一気に頭を叩き割《わ》り全滅《ぜんめつ》させた。浅い層の雑魚《ざこ》相手ならこんなもんだな。

ダンジョンの壁からじわりとゼリーのようなものが滲《にじ》み出す。スライムだ。

核《かく》と呼ばれる部分と、そこから伸《の》びた触手《しょくしゅ》によって、擬似的《ぎじてき》に得た外付けの体を動かすモンスターだ。粘液《ねんえき》を操《あやつ》ればスライム、土塊《どかい》を操ればゴーレム。何を操るかによって呼び方が変わるやつらでもある。

有核種《ゆうかくしゅ》はダンジョンの掃除屋《そうじや》だ。ゴミや死体、そして死体になりそうな生き物を食べて分解するのだ。血の匂《にお》いを嗅《か》ぎつけたのか、次々とその数が増えていく。

スライムを積極的に殺すかは、微妙《びみょう》な問題だ。こいつらを完全に放置するのも良くないのだが、倒しすぎても環境《かんきょう》が不衛生になる。人間にとって害のある存在であっても、生態系を崩《くず》すのは長期的なデメリットがでかい。大事なのはバランス感覚だな。

二匹だけ踏《ふ》み潰《つぶ》してから、その場を去った。

地下一〇層あたりに入ると空気が変わった。化学的に、だ。要するに悪臭《あくしゅう》が漂《ただよ》っている。ずるり、ずるりと何かを引きずるような音が通路の奥《おく》から聞こえてきた。思わず舌打ちしてしまう。ハズレくじを引いた。

地下一〇層への最短ルート上、薄暗《うすくら》がりに現れたのはフレッシュゴーレムだ。見た目は全身の生皮を剥《は》がされた人間を五体ほど、乱雑に丸めてくっつけたような姿。飛び出た手足を器用に使って、芋虫《いもむし》のように這《は》いずってくる。通ったあとには血と肉片《にくへん》の道が出来あがる。

でけえな。

今回の個体は、もはや何の死体かもわからない生肉を大量に身に纏《まと》い、高さ三メートル、横幅《よこはば》二メートルくらいの巨大《きょだい》な大福みたいになっている。体が重たすぎるのか、ゆっくりゆっくり通路を塞《ふさ》ぐように這いずっていた。

多摩支部：大型の個体ですね。動きが鈍いので放置を推奨します。

「放置すんのが楽っつーのもわかるんだけどな。こいつら巨大化《きょだいか》させすぎると、もっと面倒なことになるぞ」

多摩支部：面倒とは？

スライムを倒すかどうかが微妙というのは、こういうことだ。

フレッシュゴーレムは一見してアンデッドモンスターみてえな姿をしているが、その実、正体はスライムと同じ有核種だ。食べきれなかった分の死体を、体のパーツとして触手で操っている。

この辺の階層であれば、倒れた探索者、探索者が倒したドワーフやコボルト、それに下の層から上がってくるゾンビなどが原料だろう。

「フレッシュゴーレムを倒すには核を破壊《はかい》しなきゃいけないだろ？」

バールの真《ま》っ直《す》ぐな方を適当に突《つ》き刺《さ》す。内側が少し腐《くさ》っていたのか、ガスと汁《しる》が噴《ふ》き出した。素早くバックステップして避《さ》ける。

「で、こんだけでかいと長物でも深く刺さらねえし、そもそもどこに核があるのかわからねえ。しゃーなし、少しずつバラすしかないわけだ」

今度はバールの曲がった方を死体に引っかけ、適当なところに足をかけて引き剥がした。

小柄《こがら》な体に、前方向に長い頭骨。これはコボルトの死体だな。

何体かの死体を剥がしたところで、フレッシュゴーレムがぶるりと震《ふる》えた。ぎゅっと中心に向かって凝縮《ぎょうしゅく》し、全ての肉が溶《と》け合って一つの塊《かたまり》に変わっていく。

「でけえから時間がかかる。そうすると、こうやって戦闘用の形態に変化するんだ。俺ら冒険者はタルタルゴーレムって呼んでたな。攻撃動作が俊敏《しゅんびん》になる。フレッシュゴーレムだと思って相手をすれば、簡単に死ぬぞ」

タルタルゴーレムの体表に、白っぽい骨の破片《はへん》がぷつぷつと浮《う》かんできた。取り込んだ死体の骨だけを並べ、防御力《ぼうぎょりょく》を高めている。隙間から剥《む》き出しの筋肉でできた触手が何本も生えた。その先端《せんたん》が、槍衾《やりぶすま》のように並んで俺を狙う。

体を丸めながら小さな一歩を踏み出す。放たれた触手を、素早く体を引いて空振《からぶ》りさせた。伸びきった触手を打ち払い、切断。次々と触手を引きちぎっていく。

「攻撃用の触手っても、質量には限りがあるだろ。核から伸びた触手糸にもな」

タルタルゴーレムは守りに転じようとしたのか、触手を引っ込めて骨の塊を前面に押し出した。

「守りに転じる判断は大事だが……人間相手にそりゃあ悪手だ」

バールをくるりと持ち替え、綺麗《きれい》な球形に固まった中心部に深々と突き刺す。こうも中心が分かりやすければ、核の破壊も容易だ。

力を失い、崩れ落ちた肉片を踏み潰す。ブーツの表面に臭《くさ》い汁が飛んだ。

「ってわけで、デカブツを放置すると浅い層でうろちょろする新人には危険な代物《しろもの》になるっつーわけだ。倒す力があるなら、見かけ次第倒した方が良い。なにより、自分たちがズタボロで撤退《てったい》するときの安全確保にもなる」

動きが緩慢《かんまん》つっても、例えば負傷者を抱《かか》えての撤退時には追いつかれちまうしな。こいつらは血の臭いに敏感《びんかん》だ。

多摩支部：なるほど。近いうちに戦力を整え、検証してみます。

どうにも、急にしっかりとした法整備がなされたせいで、冒険者から探索者に知識が受け継《つ》がれていない感じがするな。世代間の情報の断絶を感じる。先に潜《もぐ》っていた荒《あら》くれ者を追い出し、急いで浄化《じょうか》してしまった弊害《へいがい》なのだろう。

地下二〇層まで降りたところで、戦闘の音が聞こえてきた。炸裂音《さくれつおん》だ。まだこの程度の階層には爆発《ばくはつ》を起こすようなモンスターはいない。ということは、魔法《まほう》を使える人間が潜っているな。

音の方にふらふらと歩いて行くと、骨の集団と戦う少年少女の団体さんがいた。少女三人が身長二メートル半から三メートルくらいある巨大なスケルトンと必死に格闘《かくとう》している。その後ろで、少年二人が剣《けん》を振《ふ》り回すスケルトンを食い止めていた。

巨大なスケルトン――スケルトンチャンピオンは、二メートルほどもあるツヴァイハンダーを豪快《ごうかい》に振り回す。当たれば即死《そくし》の攻撃を、前転しながら回避《かいひ》した少女には見覚えがあった。水を分けてくれた子だ。

スケルトンたちの眼窩《がんか》に宿る鬼火《おにび》の色は赤。骨どもの中ではかなり強力な集団だな。それらを率いているチャンピオンは、上半身から腰にかけて重厚《じゅうこう》な金属鎧《よろい》を着込《きこ》んでおり、頭にはピッケルハウベと呼ばれる兜《かぶと》まで装備している。

鎧装備しているのは厄介《やっかい》だな。

勘違《かんちが》いされがちだが、鎧はマジで固い。斬撃《ざんげき》はもちろん通らねえし、なんなら打撃《だげき》でも凹《くぼ》まない。弓矢でも槍《やり》でもそうそう貫通《かんつう》しない。もちろん、作られた時代、素材、制作者の技量によっても変わるんだろうが。

「で、女の子に強敵と戦わせて、お前らは何してんの？」

金髪《きんぱつ》のやんちゃそうな少年が鍔迫《つばぜ》り合いをしていたスケルトンを、背後から斧《おの》で唐竹《からたけ》割りにしながら言った。少年と目が合う。ぎょっとした表情をされた。

「な、なんだよお前は」

「通りすがりのおじさんだよ」

横合いから斬《き》りかかってきたスケルトンの頭を掴《つか》み、振り回すようにして地面に投げる。仰向《あおむ》けに倒れたところ、胸を思い切り踏みつけた。肋骨《ろっこつ》も鎖骨《さこつ》も粉砕され、動けなくなったのを少年に軽く放る。

「トドメは任せた」

「う、うわ！　何しやがる！」

骨ともつれ合って倒れ、じたばたと不格好にもがく。仲間の少年が槍で叩いてスケルトンを倒し、手を差し伸べた。二人ともモタモタしすぎだ。動きに違和感《いわかん》がある。

少年の装備はポリカーボネートのアーマーに、盾とショートソード。どれもそれなりに金がかかっていそうだ。だというのに、実力はお粗末《そまつ》の一言に尽《つ》きる。

そもそも盾があるのに鍔迫り合いになっている時点で、モンスターに対しての恐《おそ》れがあるな。荒事《あらごと》に慣れていない。

「お前、なんでこの階層にいるんだ？」

実力不足じゃないか、という疑問を言外に滲ませながら言った。

なんとなく少女達《たち》三人の方を見る。有効打こそ与《あた》えられていないが、チャンピオン個体相手に危なげなく立ち回っていた。あっちは適正レベルだな。

ダンジョンにお荷物を連れていくと、劇的に生存率が下がる。登山みたいなもんだ。

一番実力に欠けるやつを基準にして難易度を調整しなければならない。雑魚だけが死ぬってわけじゃねえんだ。逃《に》げ遅《おく》れる、反応が遅れる、突破《とっぱ》されて陣形《じんけい》に穴が出来る。しかも雑魚の体が邪魔《じゃま》になってカバーしようにも手が出せず、敵がわらわらと集まって全滅。なんてこともありえる。蟻《あり》の一穴《いっけつ》だな。

「急に現れて意味分かんねえこと言いやがって。喧嘩《けんか》売ってんのか？」

少年は顔を真っ赤にしてショートソードを向けてきた。声が高い。減点ポイント。それに剣が研《と》がれ過ぎて鏡面みたいになっている。もっかい減点ポイントだな。光の反射で居場所がばれやすくなるし、鋭《するど》すぎる刃《やいば》は簡単に潰れる。もっと荒々《あらあら》しく研いだ方がいいぞ。

「喧嘩は売ってるが……ガキ、知ってるか？　人に武器を向けたら殺し合いの合図だぞ」

俺はバールを地面に捨てると、無造作に少年に歩み寄った。

「よ、寄るんじゃねえよ！」

切っ先が震えている。

「知ってても武器を下ろさねえのか？」

切っ先に指をそっと当てた。ぎりぎり刺さらないくらいの力で押し込んで、上下に優しく揺らしてやった。少年はあれだけトサカに来ていたようなのに、すっかり怯《おび》えた顔になっている。それでも武器を下ろさないのは、根性《こんじょう》が据《す》わっているのか、それとも判断が遅いだけなのか。

多摩支部：そこまでです。探索者同士での戦闘は禁止されています。

お、コメントありがとう。支部長ちゃん。

それを無視して、さっきまで剣に触《ふ》れていた指を少年の口に突っ込んだ。急に入ってきた異物と鉄の臭いに、少年は目を白黒させる。

「口に何か入ったら、躊躇《ちゅうちょ》せずに噛め。じゃねえと生き残れねえぞ」

そのまま指を真下に引いた。カコンとあっさりアゴが外れる。大丈夫、そんなに痛くない。顎関節症《がくかんせつしょう》だったヤスはあくびするだけでアゴが外れていた。

「今どきの探索者の作法には詳《くわ》しくねえが、ダンジョン内で喧嘩売るんじゃねえよ。血の匂いで寄ってくるやつがいるかもしれねえだろ？」

それこそ有核種とかな。

「あ、あうあうあああああ！」

「何言ってんのかわかんねえよ。さっさと戻《もど》せ」

戻せねえのか。それともアゴが外れたことすらないのか。喧嘩なり事故なり、それこそモンスターの打撃なんかで外れるもんじゃねえのか？

両手の指を奥歯《おくば》に引っかけて、外側に押《お》し広げるようにすると、あごの関節が緩《ゆる》んで、簡単につけ外しできるんだ。医学的には良くないんだろうが、ダンジョン内での応急処置としてはメジャーなものだった。

弱い者いじめみたいで可哀想《かわいそう》になってきたので治してやる。口を押さえ、完全に恐怖《きょうふ》に支配された表情で俺を見ていた。やめろよ、マジで。本当に悪いことしたみたいになってるじゃねえか。

今どきの探索者というのは、こんなことも知らずに潜っているのだろうか。ダンジョン関連のお勉強は相当な量があったというのに、内容が偏《かたよ》りすぎではないだろうか。こういう知識の方が生存率に直結すると思うのだが。

「め、めちゃくちゃ過ぎるだろ。誰《だれ》なんだよ、ヤクザか？」

「通りすがりのおじさんだって言ってるだろ、しばくぞ」

誰がヤクザだ、不名誉《ふめいよ》な。軽く凄《すご》むと少年はますます小さくなった。

「それに、相手に何者か訊《たず》ねたいなら、まずは自分から名乗れ。素性《すじょう》のわからない相手に喧嘩を売るな。目的のわからない相手に要求をするな。ダンジョンに限らないが、ダンジョン内だと命に直結するぞ」

いや、どっちかというと日常の日本社会での方が命に関わるのかもしれないが。新宿の繁華街《はんかがい》で、酔《よ》っぱらいが喧嘩を売っているところを見たことがある。俺は社長だぞ~だなんて下品にオラオラ絡《から》んだあと、相手が銀行のお偉《えら》いさんだと気づいて、真っ青になっていたな。そいつの会社がずいぶんと融資《ゆうし》してもらっている、メインバンクだったようだ。経済界でそこそこの地位があるやつ、ヤクザとかモンスターより怖《こわ》いまである。

「う……お、俺は」

少年は逡巡《しゅんじゅん》した。名乗るべきだと思いつつも、俺のような素性の分からない人間――それも暴力的な相手に名乗っていいのか迷っているようだった。

その間に女の子たちの戦況《せんきょう》が動いた。軽装備の少女がチャンピオンの懐《ふところ》に潜り込み、関節にナイフをねじ込む。動きが鈍くなった瞬間《しゅんかん》に、重装の少女が膝《ひざ》を叩き折る。最後にスイが鎧の真下から火球を撃《う》ち込んだ。中に骨しか入っていない鎧の穴という穴から爆煙《ばくえん》が噴き上がる。

「お、決着したか」

内部を破壊され尽くしたチャンピオンに、ちゃんと三人とも武器を向け続けている。残心もばっちり。反応が遅い少年達と違《ちが》い、随分《ずいぶん》としっかりしている。トレイン相手にたった一人で取り残され、顔に絶望を浮かべていたイメージしかなかったが、想像以上に実力を持っていた。

「よお、お疲《つか》れ様《さま》」

少女達に声をかける。スイの元々大きな目が、こぼれんばかりに見開かれた。

「な、ナガさん⁉」

「久しぶり、スイ。いや、そんなに久しぶりでもねえのか」

「えええええ！　釈放《しゃくほう》⁉　いや、それより試験、ってえぇ⁉」

やけに驚《おどろ》いている。スイの叫《さけ》びを聞いた二人の少女がハッとした。揃《そろ》って深々と俺に頭を下げる。

「スイの命を救ってくださった方ですね。おかげさまで仲間を失わずに済みました。ありがとうございます」

「ありがとうございますー！」

全身鎧を着込んだ重装の少女が礼儀《れいぎ》正《ただ》しくお礼を言った。斥候《せっこう》のような格好をした少女も続く。俺は苦笑《くしょう》しながら手をひらひらと振った。

「俺だって助けられた側なんだ。スイのおかげで人間社会に戻ってこれた。こちらこそ礼を言わせてくれ」

「いえ、そんな大したことは……」

「堅《かた》くならなくていい。お互《たが》い様ってことだな。命の恩人なんだし、スイは敬語は不要だ。他の二人は敬語使えよ、こう見えてオッサンだからな」

冗談《じょうだん》めかして言うと、少女達は曖昧《あいまい》な笑《え》みを浮かべた。引かれたかもしれない。若い女の子から見て、距離《きょり》感の近いオッサンは気持ち悪い。世の真理だ。自分を戒《いまし》めよう。

初対面の二人は俺のことを知っているらしい。トレインから撤退した後、スイの配信を見ていたようだ。逆に俺は二人のことを全く知らないため、紹介《しょうかい》してもらう。

黒のラバースーツみたいな戦闘服《せんとうふく》と短弓《たんきゅう》に短剣《たんけん》。見るからに斥候職の恰好《かっこう》をした少女はヒルネというらしい。小柄で細身の躰《からだ》に、ショートの癖《くせ》っ毛。目はアーモンド型で大きく、猫《ねこ》のような印象を感じる。偵察《ていさつ》、探索、哨戒《しょうかい》を得意としているようだ。見たまんまだな。

全身鎧とメイスで、さながら重装騎士《きし》といった見た目の少女はトウカ。薄《うす》いピンクゴールドの長髪《ちょうはつ》は派手な印象だが、糸目のせいか、穏やかな印象を受ける。鎧の耐久《たいきゅう》を活《い》かした正面戦闘が得意なのはもちろん、支援《しえん》魔法《ほう》バフや回復魔法まで使えるそうだ。昔のゲームでいうところの殴《なぐ》りヒーラーって感じか。

「この前死にかけていた割には、すぐまたダンジョンに潜ってるんだな」

それも前回痛い目にあった場所に近い階層だ。

スイは痛みを堪《た》えるような表情をしてから、無理に笑顔《えがお》を作って言う。

「ここで潜らないと、もうダンジョンに来れない気がするから」

「それはそうか。うん、そうだな」

ダンジョンで死にかけることのストレスは、平和な社会で生きている現代人には想像しがたいものだ。ほぼ心的外傷と呼んでも差し支《つか》えのない経験は、早めに上書きしなければ人生そのものを蝕《むしば》む傷跡《きずあと》となり、死の幻想《げんそう》が日常生活を壊し続ける。

初期の冒険者にも、そんなやつがたくさんいた。ダンジョンの入り口を見ると拒否《きょひ》反応を起こす者、ただのビルの階段に怯える者。酷《ひど》い奴《やつ》だと、細い道の曲がり角を通れなくなった、なんてのも。

まぁ、きっと生死がかかってなくても同じようなことは日常でもたくさんある。

向けられた悪意に曖昧な笑顔しか返せなかったら、その経験はずっと対人関係で足を引っ張る。何かに失敗したときに挑戦《ちょうせん》を諦《あきら》めたら、諦めることばかり上手《うま》くなる。

だから、きっと彼女《かのじょ》がダンジョンにいるのは彼女なりの最適解なのだ。

「それは良いんだが……あいつらは？」

俺は親指で少年達をくいくいと指した。

「あれは同級生。なんかついてきた」

「帰さないのか？」

「そろそろ帰って貰《もら》おうかなって。ちょっと言いづらくて」

スイは少し困った顔をする。俺は少年たちを手招きした。彼《かれ》らはばたばたした動きで駆《か》け寄ってくる。

「お前ら邪魔だから帰れってよ」

全員が驚愕《きょうがく》の表情を浮かべた。

「なんで言うの⁉」

「なんでお前が言うんだよ！」

「誰かが言わなきゃならねえだろうが。実力不足の奴を連れていたらまた同じ目に遭《あ》うぞ。教えてやりたいだとか、仕事の都合だとか、ちゃんとした理由がねえならやめておけ」

少女達は難しい顔をした。少年達は気まずそうな様子で視線をさまよわせる。

ため息が出た。なんつーのかな。命のやりとりは体験しているはずなのに、絶妙《ぜつみょう》に軽い。生き死にへの想像力がふわっとしている。

どう生きる。どんな目に遭う。どんな傷を抱えてどんな生活を送る。そして死んで何を残す。

進学と就職だけで思《おも》い悩《なや》む年頃《としごろ》に、それを想像しろという方が酷《こく》かもしれないけどな。何より、その想像力を働かせることが出来なかった結果、ダンジョンに閉《と》じ込められた俺に語れることはこれ以上ない。

「ま、体験してみりゃわかるだろ。もう一体チャンピオン来てるからやるぞ」

バールを拾い上げ、五〇メートル先で揺れる鬼火を指す。赤色だ。妙《みょう》に強いアンデッドが湧《わ》いているようだ。

構えようとしたスイたちに手のひらを向けて制す。俺は少年たちの背中をバシンと叩《たた》いた。

「一緒《いっしょ》にやろうか。戦ってみりゃ、自分がその階層に合っているかも理解するだろうし、俺のこともわかるだろ」

まずは実力を理解させなければ、俺の言葉に説得力もない。

ゆっくりと体を左右に揺らしながら迫るチャンピオン。巨体《きょたい》を支え、長大なツヴァイハンダーを振り回すパワーがあるというのに、それを感じさせない脱力《だつりょく》した歩み。まともな動物には存在しない、アンデッド特有の違和感が恐怖を煽《あお》り立てる。

「改めてになるが、名前は？　俺のことはナガと呼んでくれ」

「蓮《れん》」

金髪の少年がぶっきらぼうに名乗る。スイと話しているのを見て、最低限の信用は得たか？

「康太《こうた》です」

蓮を助け起こした少年も名乗った。地味で大人しい感じのルックスで、体の線も華奢《きやしや》で弱々しい。肌《はだ》も生白い。とてもダンジョンに潜るような人間には見えねえな。蓮に無理矢理《むりやり》連れてこられたか？

「蓮、康太。俺の後に続け！」

チャンピオンが体を沈《しず》めた。それに合わせ、こちらから走り出す。大事なのは衝撃力《しようげきりよく》。華麗《かれい》な回避や剣技《けんぎ》は必要ねえ。まともにぶつかられず、まともにぶつかる。相手より体勢を整え、相手より速さを乗せて衝突《しようとつ》する。

駆け出そうと体を伸ばす直前に、チャンピオンの頭部に跳《と》び蹴《げ》りをぶち込んだ。足の裏に硬い感触《かんしよく》。壁でも蹴ったような頑強《がんきよう》さと重たさだ。それでも、チャンピオンの初動は潰れた。体をよろめかせ、地面に片腕《かたうで》をつく。その肘《ひじ》にバールを叩き込んでへし折り、前腕《ぜんわん》の骨を奪《うば》い取った。

ずん、と重たい音を立て、チャンピオンが前のめりに倒れ込む。

アンデッドは切り離《はな》した体のパーツが近くにあると、勝手にくっついて再生しやがる。

手に持った前腕を、遠くめがけて放り投げた。人間の大腿骨《だいたいこつ》みたいなサイズの骨が、くるくると回りながら薄暗《うすぐら》い空に消えていく。

呆気《あっけ》にとられている少年たちを振り返った。

「つ、つええ」

「ぼさっとすんな、続け！」

怒鳴《どな》りつけると、康太が真っ先に走り出す。チャンピオンの頸椎《けいつい》に槍を突き込むが、傷一つ無く弾《はじ》き返された。筋力が足りていない。後から慌《あわ》てた様子で続いた蓮が切りつけるが、こっちは力任せで剣筋が乱れすぎている。有効打を与えられず、鎧の表面を滑《すべ》るばかりだ。

「っと、そろそろだな」

二人の襟首《えりくび》を掴んで後ろに引っ張る。直後、チャンピオンが起き上がりながら、片手でツヴァイハンダーを横に薙《な》ぎ払《はら》った。凶悪《きょうあく》な音を立てながら眼前を通る刃に、少年達の小さな悲鳴が漏《も》れる。

少年たちを背後に投げ捨て、徒手でチャンピオンの懐に潜り込む。

どうせ骨、体重は軽い。組み付いて片足を抱え込み、全力で持ち上げる。そのまま体を捻《ひね》りながら、チャンピオンを頭から地面に叩き付けた。プロレスのスパインバスターと呼ばれる技だ。日本名は脊椎砕《せきついくだ》き。頭頂部から腰まで、骨が砕《くだ》けるような衝撃《しょうげき》が駆け抜《ぬ》けただろうよ！

どこかぶっ壊れたのか、転がってじたばた虫のように暴れるチャンピオン。その両膝《りょうひざ》を掴み、股間《こかん》に足を踏み下ろした。派手な音が響《ひび》き、骨盤《こつばん》が砕ける。チャンピオンはぐったりと脱力し、動きを止めた。

チャンピオンが取り落としたツヴァイハンダーを拾い上げる。重たいが、なかなか悪くないな。頑丈《がんじょう》そうで俺好みだ。肩《かた》に担《かつ》ぐようにし、蓮と康太に向き直る。

「こんなもんだ。で、ここいらに出るモンスターと戦った感想はどうよ？」

疑問形だが、実際のところ答えの決まった質問だろう。二人の落ち込んだ表情が物語っている。

お膳《ぜん》立《だ》てしてもらってフリーに攻撃できたというのに、その攻撃が一切《いっさい》通用していない。これでは幸運の女神《めがみ》に愛されたところで、いつかは死ぬのが関の山だ。

「まあ実際に事故る前に知れて良かったじゃねえか。階段も近い。他の探索者の居場所を確認《かくにん》しながらルートとって帰って、今後は適正なところで鍛《きた》え直せ」

チャンピオンと戦ってみたことで思い知ったのか、少年達は素直《すなお》に頷《うなず》いた。なぜか蓮の目が輝《かがや》き始める。

「ナガさん強いんだな。俺に教えてくれよ！」

「タメ口きいてんじゃねえ。家の前で棒でも振ってろ」

頭にげんこつを落とした。

「素手《すで》でこんなに手早くチャンピオンを倒《たお》すなんて……。これでも一応、カテゴリはワンダリングボスなのですが。これが二五年間ダンジョンで生き延びた力ということなのですね」

俺が倒したチャンピオンの死体を検分していた殴りヒーラーの少女、トウカが感心した口調で言う。ワンダリングボス——彷徨《さまよ》う実力者か。その階層に出てくる中で、少数で強力な個体のことを指す言葉っぽいな。

トウカの言葉に蓮が「えええええ」とデカい声を返す。再び頭を叩いて黙《だま》らせた。

「声がうるせえ。キンキン騒《さわ》ぐな」

「だって、だって！　二五年ってあの配信に出てきたゴブリンさんだろ⁉」

「なんだ、その呼び方。あと静かにしねえと黙らせるぞ」

マジで反省しないな。とりあえずぶん殴る。

「警告と同時に手を出してますねー……」

「直す暇《ひま》すらなかった」

ヒルネとスイが呆《あき》れたように言った。ドン引きしながら康太が言う。

「佐藤《さとう》さんの配信は人気ですからね。一週間以上経《た》ってますけど、まだホットコンテンツに載《の》ってますよ」

まぁ見た目が良くてこのくらいの実力があれば、人気者にはなるだろうな。

「対してお前らは人気も実力もないのな」

「言うな！」

「うるせえ！」

学習能力のないバカをビンタした。あとでうんこの話してやるから黙ってろ。

「俺らは最近資格とったんだよ」

「僕《ぼく》がダンジョンに潜りたいって言って、蓮君が付き合ってくれたんです」

黙らないバカの言葉に康太が続く。意外だな。バカの方が主で、大人しそうな方が従かと思いきや、逆だったか。

康太は色白で手足も細い。清潔感はあるがおしゃれではなく、口元がもにょっとした覇《は》気《き》のない顔つきだ。真面目そうだが華《はな》はない。

「なんか目的あるのか？」

「はい」

康太は頷いた。自分から語るつもりはなさそうだが、目には想像以上に強い光があった。

「じゃあ、身《み》の丈《たけ》に合ったところから頑張《がんば》れ。同級生だからって甘《あま》えんな」

「はい、そうします」

「そのうち機会があれば教えてやるから」

「師匠《ししょう》！　師匠だ！」

「うるせえよ。殴るのも疲れた。はよ帰れ」

なんか少しだけ羨《うらや》ましいな。俺のときは、歩け荷物持て戦え死ねだったからな。命令と罵《ば》声《せい》と血と疲《ひ》労《ろう》の中、剥き出しの自己中心性をぶつけ合いながらの探索だった。

「ちなみにナガの目標は？」

「特にねえんだよなぁ。ダンジョンから出たばっかりで金もねえし、協会に加入する費用バカみたいに高いしで、生活がカッツカツでな。ダンジョンで現地調達してりゃ食費もほぼタダだ。というわけで、金が入るまでダンジョンで暮らしてやろうと思ってな」

「無《む》茶《ちゃ》苦《く》茶《ちゃ》じゃないですか……」

「リゾートバイトみたいなノリでダンジョンに潜る人、初めてですねー」

トウカとヒルネが変な生き物を見る目を向けてきた。やめろ、照れるだろうが。

「それじゃあ、一緒に行動する？　二五層のボスは記録がないから、一緒に来てくれると安心するかも」

「アリだな。報酬《ほうしゅう》は四人の頭割りでいいか？」

「もちろん」

話はまとまった。蓮と康太の連絡先《れんらくさき》を貰い、それぞれのスマートウォッチのマップ情報を共有する。これでお互いがどこにいるのかを把握《はあく》し、簡易的にだが安否を確認できる。

彼らの背を見送り、俺たちも下層目指して移動を開始した。

細々とした戦闘や、墓地の遺品漁《あさ》りをしながら降りた先は地下二四層と二五層の間の階段。踊《おど》り場《ば》部分に拠点《きょてん》を設営する。

俺たちは生身の人間だ。戦闘するだけで消耗《しょうもう》し、なんなら歩いているだけで疲労は蓄積《ちくせき》する。ここいらで休息を挟《はさ》むのが賢明《けんめい》だ。軽装のヒルネは余裕《よゆう》そうだが、重装備のトウカは少しばかり顔色が悪くなっていた。

「こんなダンジョン舐《な》めた持ち物、初めて見た」

俺のドローンの荷物を覗《のぞ》き込んだスイが呆れたように言う。喧嘩売ってんのか？

「ライター三個パック、裁縫《さいほう》セット、釣《つ》り糸《いと》、消毒液。ここまでは良いだろ？」

「そうね」

「道中にあった拠点からパクってきたレトルトが何食かと水。これも良いだろ？」

「やってることほぼ盗賊《とうぞく》だけど、そうだね」

本来はごっそり持って行くものではないらしい。

「キッチンナイフ、シェラカップ、塩、胡椒《こしょう》、わさびチューブ、にんにくチューブ、歯ブラシ。以上」

「以上、じゃないから！」

スイがキレた。そんな怒んなくても。他に何が要《い》るんだよ、逆に。

「色々足りないけど、なんで下着の替えも持ってきてないの⁉」

「前後ろ、裏表で四回はける」

「汚《きたな》い‼」

正直俺《おれ》もそう思う。そもそも四回じゃ全然足りないしな。

「でも税抜《ぜいぬ》き一一〇〇円、税込《ぜいこ》み一三二〇円で探索に行けるんだからお得だろ」

「普通《ふつう》はそれだけでは行けないんですけどね」

壁《かべ》にもたれかかっているトウカまで呆れた顔だ。

探索のコストを下げるのは基本中の基本だ。仕事でやっている以上は、経費を減らして戦果を増やすことを考えなければいけない。現時点での戦利品の換金《かんきん》額は概算《がいさん》で三万円程度だ。良いリュック一つで消し飛ぶ金額だな。

報酬が安いように感じるかもしれないが、命を懸《か》けるっていうのは安いもんなんだ。高所作業だって六時間で日当一万いかなかったりする世の中だ。世界に七〇億もある人命の値段は先進国でも安く、専門技能がなければ高い価値は生み出せない。それに。

「現地調達は基本だろ。備えていても遭難《そうなん》した時点で現地調達せざるを得ないんだ」

「それで実際に二五年間生きているんだから何も言えないや」

　スイが唇《くちびる》を曲げた。

「醤油《しょうゆ》が入っていないのが気になりますなー」

「そこじゃないでしょ」

「いいところに気が付いたな。流石《さすが》はヒルネだ」

「うへへへ、それほどでも」

「私が間違《まちが》ってるの!?」

　スイがうるさい。飴《あめ》ちゃんでも持っていたら口に放《ほう》り込《こ》んでいたところだ。

「ダンジョンで醤油使うと、なぜか獣《けもの》種……今だと魔獣《まじゅう》種か。の中でも熊みたいな奴らが寄ってくるんだよな」

　熊は手ごわい。なんなら地上の熊ですらバカみたいに強いのに、ダンジョンの熊ともなれば言わずともわかるだろう。大型の種類ともなれば、竜《りゅう》種にすら匹敵《ひってき》する。そんなダンジョンの熊を呼び寄せるのは自殺行為《こうい》だ。

「それ本当ですか？　初めて聞きました」

「おじさん嘘《うそ》ついたこと無いんだよな、実は」

嘘《うそ》つきの常套句《じょうとうく》だが、本当だ。憶《おぼ》えてないだけで嘘ついてるかもしれないけどさ。

「鬼翔院兄妹《きしょういんきょうだい》の二人が初めて敗走したのも熊でしたっけねー」

「誰だそいつら。ビジュアル系バンドマン？」

「今一番勢いがあるダンジョン配信者。兄妹でやってるんだけど、二人とも国内トップクラスの実力があって、戦闘面《せんとうめん》ですごく注目されているの」

「上澄《うわず》みでも熊には勝てんか」

「ナガは勝てたの？」

「期待に応えられなくて悪いんだが、あれは人間が勝てるように出来てねぇよ」

四足歩行の時点で高さ一〇メートルくらいあるし、ヒグマってよりシロクマみたいな体形で、手足が長いんだよな。人間が使える武器じゃ有効打は与えられない。倒すなら戦車でも持ち込まないとな。

「でもこの情報がちゃんと検証されたら、凄い価値がありますよー！　それこそ、何を持ち帰るよりも高値が付くかも？　です！」

「そうですね……。携行《けいこう》食料の見直しはもちろんですが、熊を誘引《ゆういん》することで危険を避けることもできますし、竜種に熊をぶつけて共倒《ともだお》れを狙《ねら》えるかもしれません」

「醤油が戦術物資になりゃあ面白《おもしろ》いな」

そう聞くと検証のために持ってくれれば良かったと思えるな。いや、リスクの方がでけぇな。触《さわ》らぬ神に祟《たた》りなしだ。人間が手も足も出ない存在への恐れを失ってはいけない。

ちなみに焼肉のタレを持ってきていないのは、原料に醤油が入っているものが多いからだ。相当違う匂《にお》いになっているから大丈夫《だいじょうぶ》だとは思うんだが、熊の嗅覚《きゅうかく》は犬より鋭いっていうしな。

「ま、だいたいのものは現地調達出来るから良いんだよ。武器もこの通り手に入ったしな」

チャンピオンから奪い取ったツヴァイハンダーの表面を手で拭《ぬぐ》う。粉っぽい錆《さび》のざらつきを感じた。

アンデッドの武器は良いぞ。ダンジョンのものだからか、やけに頑丈だ。レイスの手斧《ておの》だってかなり長期間使うことが出来た。元からそんなに鋭くないおかげで、刃が潰《つぶ》れることも少ない。

きちんとした装備を整えているスイが信じがたいという表情をした。

彼女たちが持ち込んでいる野営用の資材は、俺の持ち物に文句をつけるだけはあって、相当に入念に用意されたものだった。

階段の上下には金属のパイプを組み合わせた逆茂木《さかもぎ》のようなもの。並の膂力《りょりょく》のモンスターはそれだけで侵入《しんにゅう》を阻《はば》まれそうだ。さらに赤外線センサーまで取り付け、逆茂木の目の前に敵が現れたら警報が鳴るようにされている。しっかりとマットを敷《し》いたテントを立て、薄いプラ板みたいな素材で仮設トイレまで作ってしまった。

至《いた》れり尽くせりのキャンプ場って感じだな。

一方の俺は、その辺にあった絞首台《こうしゅだい》をバラして手に入れた薪《まき》を燃やして、アンデッドから剥《は》ぎ取ったローブをひっかぶって寝転《ねころ》がるだけ。

スイたちも気まずそうにしていたが、流石に一緒のテントに誘《さそ》ってくることはなかった。

：かわいそうｗｗｗ

：ダンジョン舐めてるからそうなる

：文明人を見習え

：こいつどうやって生き残ってきたの？

：ダンジョンに25年いたってのも確定情報ではないからな

：焚火でごろ寝似合ってるぞｗｗｗ

こいつらうぜえわ。というか二五年経ってるんだから「ｗｗｗ」くらい滅《ほろ》んでおけよ。

俺は起き上がって一発ドローンを殴り、コメントを黙らせた。


地下二五層での戦闘は非常に安定したものだった。

スイとヒルネの遠距離攻撃《えんきょりこうげき》で戦端《せんたん》を切る。俺とトウカが前衛を引き受け、スイとヒルネがカバーする。相手に遠距離攻撃をするモンスターがいれば、ヒルネが遊撃《ゆうげき》にあたる。

「退屈《たいくつ》になるくらい問題ねぇな」

あくびをし、口元を手でこすった。そろそろひげが伸《の》びてきたな。指先で押せば、硬《かた》い毛がぽきっと倒れるような感触がした。

「そろそろ、そうも言ってられなくなるけどね」

スイが細剣で指した先には、謎《なぞ》物質で出来た黒い建物。ダンジョンの階層を跨《また》ぐ階段だ。

「なんか変じゃねえか？」

普段《ふだん》よく目にするものは二種類。浅い階層ならば、普通に建物の階段のように見えるが、色合いだけ謎物質になっているもの。深い階層ならば、地上にあるのと同様に、豆腐《とうふ》みたいに真四角な建物にぽっかりと入り口が空いているもの。

ところが、今目の前にあるものは、ねじくれた石柱に囲まれ、地面に直接下り階段がぽっかりと口を開いている。

「こういう禍々《まがまが》しいデザインの階段は、ボス階段って言われておりますね」

「ほー、ボスね」

いったいどんな理由、概念《がいねん》で存在しているのかは分からないが、とにかく強力なモンスターが中で待ち構えている特殊《とくしゅ》な空間らしい。

「めっちゃ強いから、普段はこういう階段避《さ》けてるんだけど……今回の私たちの探索は、ボス階段の情報収集の依頼《いらい》を受けてるんですよねー」

なるほど、そういう依頼もあるのか。

俺が深層に潜《もぐ》ったときはこんな階段は使わなかった。広いダンジョンには無数に階段がある。そのうちの幾《いく》つかが、こんな感じのボス階段になっているのだろう。

「ボスってのは階段の踊り場なんかで、体育座《ずわ》りでもして待ってんのか？」

「そんなシュールな感じじゃないよ。上からガソリン流せば解決するじゃん。階段の先が扉《とびら》になってて、ボスがいる広い部屋に繋《つな》がっているの。ここで言うなら二五層半ってところかな」

「なるほど、ゲームみたいだな」

反応がイマイチなのは時代の違いなのか、この子たちがそういうゲームをしないだけか。おじさん定期的に寂《さび》しい思いするんだが？

「関東ダンジョン二五階層、環境《かんきょう》は屋外アンデッド。この条件でのボス戦は私たちが初になります。気を引き締《し》めていきましょう」

ただでさえ謎の多いダンジョンで、さらに特異な環境。ボス部屋を避ける探索者は多いということか。

流石に深層のドラゴンより強いってことは無さそうだが、未経験のものは正しく恐れた方が良さそうだな。初見殺しじみた一発芸を持っているモンスターも珍《めずら》しくない。ボスとくれば、何があっても不思議じゃないだろう。慎重《しんちょう》にいかないとな。

こういうときだけは、盾《たて》なんかが欲《ほ》しくなる。木製でいいから、コボルトのでも奪ってくれば良かった。

——なんて思っていると、トウカがドローンに吊《つ》るしたコンテナからタワーシールドを取り出した。焼き菓子の八ツ橋みたいな形をした、長方形のでっかい盾だ。ずるい。

なんとスイまで小ぶりな盾を取り出す。こちらは小さめのヒーターシールドだ。将棋《しょうぎ》の駒《こま》をひっくり返したような形。某姫様《ぼうひめさま》の伝説のゲームで、緑衣の勇者が持っているような盾だな。

盾無し組は、俺とヒルネだけのようだ。親近感を込めてじっと見つめると、「な、なんですかぁ」と涙目《なみだめ》になって後ずさった。なんでや。

ボスがどんなものか不明な以上は、いつもみたいにゴリゴリのインファイトはするべきじゃない。ツヴァイハンダーを長めに槍《やり》のようにして持つ。刃が先の方にしかついていないおかげで、刀身の真ん中を握《にぎ》れる。思っていた以上に取り回しやすい。

長物は良いぞ。人類がマンモスを倒せたのは、槍を発明していたからだ。原初の人類が、絶対に素手では倒せない強敵を打倒《だとう》した、最古のジャイアントキリングの立役者なのだ。

ボス部屋の扉は、軽自動車くらいなら余裕で通れそうな大きさの、両開きのものだった。階段と同じ謎素材で出来ており、俺たちが近づくと自動的に開いた。

異様な空間だな。直径五〇メートルくらいの半球状の部屋。壁に床《ゆか》、その全てが滑《なめ》らかな白い石で出来ている。妙な明るさに違和感《いわかん》を覚えじっくり見てみれば、建材の石自体がぼんやりと発光しているようだ。

「ボス、いないな」

「中央辺りまで行くと出てくるんだって」

「誰かの配信で見たのか？」

「うん」

言葉短めにスイとやり取りする。

ちらりとドローンを振《ふ》り返れば、コメントが読めないくらいに遠ざかっている。どうやら強敵との戦いに合わせて、被弾《ひだん》しないよう離れて撮影《さつえい》するようだ。そんな判断が出来るくらいのＡＩを積んでいるとしたら、凄いことだな。

「先に支援魔法をかけます」

トウカがメイスを掲《かか》げた。

『ティガ　リ　アイ　テティー　マロシ　リ　アウ　テ　イア　マイ　トゥ』

橙色《だいだいいろ》の光が俺たちの胸元《むなもと》に飛び込んできて、小さな光の玉を形作った。じわりと染《し》み込み、溶《と》け込んでいく。

何が、という訳じゃないが、なんとなく力が湧いてくるような感覚。拳《こぶし》を強く握りしめたときに、「なんか今日力入るな」と思うような、そんな感覚が全身に広がる。

「体を少しだけ頑健《がんけん》にし、高揚《こうよう》、鎮痛《ちんつう》、出血の抑制《よくせい》などの効果もあります。力が強くなる人もいるみたいです。気休め程度ですが」

「十分すげえわ。大人になるとな、体調が万全《ばんぜん》だな～って感じる日が少しずつ減るんだよ。これ、ちゃんと老化したやつらにかけてやれば、泣いて喜ぶぞ」

「ふふ、そうですか」

冗談だと思ったのか、トウカは笑っている。

俺はたまたま若さを残した状態で老化が止まっているが、冒険者《ぼうけんしゃ》のときにいたオッサン連中なんかは、毎日肩が痛いだの疲れが取れないだの目がかすむだの言ってたからな。

力が漲《みなぎ》った勢いそのままにボス戦広場の中央まで進むと、突如《とつじょ》地面が揺《ゆ》れた。震度《しんど》四くらいか？　足を踏《ふ》ん張って耐《た》える。

俺たちの目の前に、地面と同じ材質の箱がせり上がってきた。サイズは一辺四メートルの立方体ってところか。

ズン。

重たい音。

出所は明らかか。箱の表面に大きな亀裂《きれつ》が入っている。パラパラと零《こぼ》れ落ちる、砕けた石材。

「こりゃまた、でっけえプレゼントだな」

軽口を叩いたその瞬間、箱が爆《は》ぜるのが見えた。

内側で爆発《ばくはつ》でも起きたのか。立方体の石材が無数の破片《はへん》となり。それが、俺の方にぐっと膨《ふく》らんだ。

いや、これは爆発なんかじゃなくて。

「回避《かいひ》ィィイ‼」

口から出た叫びとは裏腹に、体は前に傾《かたむ》いていた。

——ああ。視界がスローモーションになってやがる。こういうときは、必ず嫌《いや》なことが起きるってもんだ。

砂煙《すなけむり》の塊《かたまり》が突《つ》っ込んでくる。爆風《ばくふう》を追い抜き、突き破《やぶ》るようにしてそいつは姿を現した。

危機感が脳を突き刺《さ》す。さらに時間は引き延ばされる。

嘴《くちばし》、鳥？　否、歯がある。

鱗《うろこ》？　目、俺を見てる。

二足歩行？　跳《は》ね、いや、飛び掛《か》かってきてる。

散り散りに断片《だんぺん》の言の葉となった思考すらも置き去りに。体は最適解へと動いた。

足は前へ。腰《こし》から肩へ、肩から腕《うで》へと捻りが連動し、手に持つツヴァイハンダーを正面に向かって突き出す。

箱を吹《ふ》き飛ばして突進《とっしん》してきていたそいつは、胸に向かって真《ま》っ直《す》ぐに突き出された切っ先を躱《かわ》すように、横にステップした。勢いが殺され、足を止める。

砂埃《すなぼこり》が晴れた。

鮮《あざ》やかなライトグリーンの鱗に覆《おお》われた、しなやかで細長い体。蛇《へび》のような首に、ダチヨウに似た頭部。前肢《ぜんし》は小さく、後ろ足での二足歩行。しいて似ている動物を挙げるならば、恐竜《きょうりゅう》のヴェロキラプトル。

ただ、デカい。体高だけで四メートル。全長だったら八メートルってところか。

瞳孔《どうこう》が縦に裂《さ》けた目は、何の感情も映さずに俺を捉《とら》えている。

「なるほど。これがボス部屋か」

「竜種⁉」

悲鳴が俺の背中に追いついた。うるせえ。

重たい剣《けん》を突き出した勢いそのままに。相手がなんだろうと、足は前に動き続ける。

地面と切っ先の間に体を挟む。結果として、上段に振り上げられる刃《やいば》。全身丸ごと投げ出すように、上から叩きつける！

トカゲ野郎《やろう》の腿《もも》に、鈍《にぶ》い刃がめり込んだ。五センチだ。たった五センチ分の深さだけ傷をつけ、大剣《たいけん》はピタリと止まった。

思わず唇が吊り上がる。硬い。致命傷《ちめいしょう》にはほど遠い。だが。

「これでもう、俺のこと無視できないよなぁ？」

なにせ、貴重な痛みを与《あた》えてくる存在。雨だれ石を穿《うが》つってほどじゃないが、小さな傷とて積み重ねればいつか命に届く。

返事は無言の噛《か》みつき。頭上から降ってくる死の気配を、サイドステップで躱した。横《よこ》っ面《つら》を短く握った剣で殴る。キラキラと緑の光が躍《おど》った。

名もなき竜《りゅう》。深層の生態系を支える、ただの一匹《ぴき》の獣。

細く軽い体と、強靭《きょうじん》な脚力《きゃくりょく》を武器に、素早《すばや》く駆け回る。得意とする飛び掛かりは、人間にとっては当たれば即死《そくし》の大技《おおわざ》となる。

長い尾《お》で全体重を支えて、踵《かかと》の爪《つめ》を引っかけるように、両脚《りょうきゃく》で蹴《け》りを打つこともある。

「お前らァ、ぼさっとすんな！」

見なくてもわかる、背後で竦《すく》んじまっている少女たちの様子が。だが、竜種相手にそれは許されない。

「走る、跳ぶをさせたら負けだ！　気合い入れて絡《から》んでけ！」

死地に生あり。

一〇〇メートル後ろにいたって、こいつは五秒もあれば目の前だ。ならばこそ、走らせちゃいけない。薄皮《うすかわ》一枚挟んだところにある死を見ないふりして、全力で斬《き》りかかるしかないんだよ。

というか、距離があったらこいつが跳んだときにカバーしきれねえ。

「無理無理無理無理無理ー！」

そんなことを叫《さけ》びながら、ヒルネがラプトルに飛び掛かった。短剣《たんけん》では打撃力《だげきりょく》不足。鱗の表面を引っ掻《か》くだけに終わるが、これで良い。

遅《おく》れてスイが駆けこんできた。さらに後ろから近づくガシャガシャと重たい音。トウカも来たな。

「トウカは正面！　噛みつきは盾で防げる！」

「はい！」

「スイは後ろ！　回避重視！　少しずつ削《けず》れ！」

「削れってどこを⁉」

「目につくところだ！」

長い尾は、構えられた槍のように侵入を拒《こば》む、破壊《はかい》の間合いだ。そこに飛び込むのは恐《おそ》れを捨てなければいけないが、まだ早かったか？

「ヒルネはトウカのカバー！　蹴りの予備動作を見逃《みのが》すなよ！」

「突き飛ばせばいいです⁉」

「なんでもいい！　トウカを蹴らせるな！」

二トンはあるだろう体を自由自在に動かす筋力で蹴られたら、どんな防具でも一撃《いちげき》でぐしゃぐしゃだ。

「俺は足を潰す！」

片足での踏みつけを紙一重で避け、軸足《じくあし》の脛を殴《なぐ》る。重ねたガラス板を割っているような感触だな。

竜種の嫌なところだ。鱗というのは、捕食《ほしょく》動物にとって最高の防具だ。動き回れる自由を残しつつ、反撃《はんげき》を気にしないタフネスを与えてくれる。

「硬すぎるよ！」

両足の先に、細剣を振るうスイの姿が見えた。ダメージは全く通っていない様子だが、ラプトルは鬱陶《うっとう》しそうに尾を振っている。虫を追い払う牛の尻尾《しっぽ》を思い出し、少し面白くなった。

「細剣使ってるからだ、ツヴァイハンダー使うか？」

「扱《あつか》えないってば！」

くつくつと喉《のど》の奥《おく》から笑いが漏れる。

だがそろそろ装備の限界だろうな。火力不足が否《いな》めない。細剣――レイピアなんてのは、人間を殺す専用の道具だ。人間相手なら肋骨《ろっこつ》くらい切り落とせる火力を持つ、強力な武器なんだが。専用外の使い方じゃ、万全の力は発揮できない。

背後では断続的に激しい衝突音《しょうとつおん》が鳴っている。トウカは耐えているな。

「意識が散ってるぞ？」

全体重を乗せた、全力の振り下ろしを足の指に打ち込む。べきり、と三本指の一つが折れた。巨体がぐらりと傾き、たたらを踏む。

カチカチカチッ。小石を打ち合わせるような音。ラプトルの喉からだ。

ムスクのような、独特な臭《にお》いがした。おそらく、警戒臭《けいかいしゅう》。小型の竜種は、追い込んでいく最中にこんな臭いを発する。

「気をつけろ、動きが変わるぞ」

ラプトルの足がぴたりと止まった。何かを探すように首をもたげ、頭だけきょろきょろと動かす。

くるりと横を向いたラプトルは一足で大きく跳び、俺たちから距離《きょり》をとった。

カチカチカチカチッ。

ずらりと並んだ牙《きば》の隙間《すきま》から、火の粉がこぼれる。

「ブレス⁉」

咄嗟《とっさ》の判断だったのか。トウカが盾を構え、体勢を下げる。それを即座《そくざ》に横合いから蹴り飛ばした。予期せぬ方向からの衝撃だ。簡単に吹き飛んで地面を滑る。

「きゃっ、何を⁉」

「ヒルネ、回収しろ！」

ラプトルが首を鞭《むち》のように振り、火球を飛ばしてきた。とっさに転がって躱す。着弾《ちゃくだん》した火球は、水風船のように弾けて、放射状に火の海を作り出した。

「可燃性の液体だ、受けるな！」

まるで焼夷弾《しょういだん》だ。粘《ねば》つく燃料は、触《ふ》れた場所をしつこく燃やす。

ラプトルが再度首を振り上げた。おかわりなんて、気前のいいやつだ。

「ううう、重すぎる～！」

ヒルネが顔を真っ赤にしながら、トウカを引きずって下がる。

対して前に出たのはスイだった。

『タイミ　シナ　モ　ポウツ　セ　アウマイ』

かざす左手。指輪が光った。

ラプトルの前に、光の柱が立った。まさに火球を飛ばそうと振り上げていた頭が、柱にぶつかる。

ごんと鈍い音とともに、光の柱は霧散《むさん》した。

たかが障害物が瞬間的《しゅんかんてき》に生まれただけ。だがその衝撃で口から溢《あふ》れた燃料が、ラプトル自身に降りかかった。顔面が炎《ほのお》に包まれる。

「ナイスだ、スイ！」

竜種に炎が効くのかは知らないが、五感の大半は封《ふう》じただろ！狙いがかなり甘くなった火球をかいくぐり、さっき指を潰した足に、再び剣を叩《たた》きつけた。

ラプトルが身を捩《ねじ》り、がむしゃらに暴れた。ほんの一瞬《いっしゅん》、目の前が暗くなる。じりりと額に熱いものを感じた。

「ナガ！」

「尾が掠《かす》っただけだ！　心配ない！」

ブレスの炎が消え、明暗の差で視界がくらんだ。そこにタイミング悪く尾の振り回しが当たってしまったようだ。

衝撃による脳震盪《のうしんとう》はない。本当に掠っただけ。だというのに、派手に出血してやがる。目に流れてくる血が鬱陶しい。

傷口から鼻の横を通り顎《あご》まで、歌舞伎《かぶき》役者の隈取《くまどり》のように、指で血を引き伸ばす。血に流れが生まれ、目に入らなくなった。

ラプトルを睨《にら》み上げる。

無機質な鱗に覆われた顔には、たしかに激昂《げきこう》の色が浮《う》かんでいるように見えた。

無造作な噛みつきをツヴァイハンダーで打ち返すと、ラプトルは派手に仰《の》け反《ぞ》った。効いてる――違《ちが》う。

背筋に冷たいものが走る。

仰け反った勢いそのままに、長い尾だけで体を支える姿勢に。揃《そろ》えられた足の裏が、俺をぴたりと狙う。死――――。

「後ろは、私の担当っ！　だから！」

ばつん。太いゴムが切れたような音がした。尾が地面を滑《すべ》り、ラプトルの体がじたばたと宙で泳いだ。地響《じひび》きをたて、無様に倒れこむ。尾の先端《せんたん》が切断されていた。

「はぁーっ、はぁーっ」

地面に刺さるほど深く剣を突き下ろしたスイが、肩で息をしている。足元には切られた尾の先端が落ちている。何度も何度も同じ場所だけ攻撃《こうげき》していたようだ。切断面がボロボロだった。

「よくやった！」

お前最高だな！

笑《え》みが抑《おさ》えきれない。意図せず歯茎《はぐき》を剥《む》き出しにして、俺は藻掻《もが》くラプトルに躍りかかった。

狙うは脇《わき》。関節付近の可動部は、どんな生き物でも多少は柔《やわ》らかくなる。そして、脇の下には大きな血管が走っている。

「おおおおおオオォォォォ!!」

腹の底から叫んだ。

振り抜《ぬ》くツヴァイハンダーは銀色の残像を描《えが》き、指の先はビリビリと痺《しび》れる。過去最高の一撃が、狙い過たずラプトルの脇に突き刺さった。

強い衝撃《しょうげき》に剣がしなる。めり込んだ切っ先が肉を潰す感触《かんしょく》。隙間から大量の血が溢れ出た。

ラプトルの巨体《きょたい》が倒れのたうつ。

体高四メートルのガタイからすれば小さな傷。それでも命に直結する場所を急所と呼ぶんだ。人間だって首筋を五センチも切られりゃ死ぬ。

ラプトルが首をもたげ、俺を見た。鱗に覆われ変化が見えない表情では、何を考えているのかわからない。

カチッ……。

一度だけ発火器官を鳴らし、諦《あきら》めたようにうつ伏《ぶ》せる。

「勝った……んですか?」

「ああ」

トウカとヒルネも合流してきた。火球ブレスの余波とかは食《く》らっていないようで何よりだ。

俺は石の床から細剣を抜こうと四苦八苦しているスイの肩《かた》を叩いた。

「よお、ＭＶＰ」

スイは俺の目を見てから、ゆるゆると首を振った。

「何もかも、実感わかないや。これって、竜種を倒《たお》したってことでいいの？」

「そうだぞ。こんなナリでも立派な竜種だ。ブレス吐《は》いてただろ」

「それもそっか。で、傷は大丈夫なの？　大丈夫そうには見えるけど」

「もう痛みもねぇや。トウカの支援魔法《しえんまほう》が効いてんのかもな」

流血もほぼ収まったようで、顎から血が滴《したた》ることもない。やっぱ支援魔法バフはすげぇや。

集まり立ち話をする俺たちとは対照的に、ラプトルは静かに目を閉じている。床には大きな血溜《だ》まりが出来ており、みじろぎ一つない。命が持つ荒々《あらあら》しさが完全に抜け落ちていた。

「なんか今回、なにも出来ませんでした――……」

ヒルネが刃先《はさき》の欠けた短剣とラプトルを見比べながら言った。

「そんなもんだ。斥候《せっこう》職のあるあるだな」

と、ここで完全にラプトルの命の火が消えたか。地鳴りとともに、最初にラプトルが出てきた場所に、ダンジョンの階段が生えてきた。これでボス戦クリアってとこか。

ドローンの集団もすーっと空中を滑るように近づいてくる。表面を夥《おびただ》しい量のコメントが流れていた。

◇優先コメント◇
鬼翔院柚子：お見事。
10000 -4.7min.

：おめでとう！
：ゴブリンさん最強！
：ドラゴン討伐！
：うおおおおおおおおおお
：やりおった、やりおった‼

：食うのだ。はよ食えなのだ。

：やるって俺は信じてたぞ!!!


だいたいは喜びの声みたいなもんだが、なんだこりゃ？

俺のドローンをちらっと見たスイが驚《おどろ》いた顔をした。

「鬼翔院さんから投げ銭きてるよ⁉」

「あー、これが投げ銭か。鬼翔院さん、投げ銭どうもありがとうございます。これって幾らなん？　見ての通りの一万円？」

「リアクション薄《うす》いって！　鬼翔院さんだよ⁉」

「熊に敗走した人だっけ？」

◇優先コメント◇
鬼翔院柚子：お見事。
10000　－4.5min.
鬼翔院柚子：覚えておけ。
1500　－4.9min.

：まずい
：死んだな
：じゃあの、ゴブリンさん
：お前はやるって信じてたよ？（呆れ）
：現代人のコミュニケーション学んでから来い
：半年ROMれバカ
：調子に乗んな、＊＊

「さーて、そんじゃ解体すっか」

　コメントはもう無視しよう。

　投げ銭してくれた人を怒《おこ》らせたのはミスだが、配信の視聴者《しちょうしゃ》に媚《こ》びるってのもなんか違うんだよな。そんなこと気にしながらやっていたら、ダンジョン内で長生きできないだろ。人気商売をしたいわけじゃねえんだ、こっちは。

　手に持ちたるは、一〇〇均の包丁。

「本当にそれで解体するんですか？」

「そらそうよ」

竜種の解体の仕方は、深層で暮らしている間に工夫《くふう》して覚えたからな。

まずは肛門《こうもん》のあたりから喉の裏に向かって、鱗を剥がしていく。鱗は魚と同じで、隙間に刃物《はもの》を差し込んでめくっていけば剥がせる。付け根の頑丈《がんじょう》さは雲泥《うんでい》の差だから、ちゃんと刃を動かして切り取ってやらないといけない。魚のすき引きみたいなもんだ。

「一直線に鱗を剥がしたら、次はここから開いていく」

包丁の刃先でしゃっしゃと皮を剥がす。皮の内側の皮下脂肪《しぼう》は、比較的《ひかくてき》柔《やわ》らかい組織だから、ここが一番楽な作業かもな。

尻尾なんかは皮をめくって、ずるりと引き抜くように剥がす。肉は地面に直に置くが、気にしない。食う直前に脂肪は切り落としてトリミングするからな。

ようやく全ての皮を剥がしたころ。スイは細剣を引き抜く作業に戻《もど》っており、トウカは野営の準備を始めていた。ヒルネはいつの間にか俺《おれ》の作業を手伝っている。

「休んでてもいいんだぞ?」

「ボス戦で活躍《かつやく》できなかったんで、これくらいはしますよー」

「そうか」

皮を剥がしたら、次は筋肉のブロックをイメージしながらバラしていく。べりべりと引き剝《は》がすイメージだ。ある程度大きなブロックがとれたら、次は特殊な器官だな。竜種《りゅうしゅ》が特に顕著《けんちょ》なんだが、物理法則に反するモンスターは、それを成《な》し遂《と》げるための器官を持っている。

例えば、胃の近くにある火炎袋《かえんぶくろ》。内部を傷つけないよう気をつけながら腹膜《ふくまく》を開けば、すぐそこにある。これは肝臓《かんぞう》とセットでとる。重さ一〇キロくらいはありそうだな。

「なんか売れそうだからとったが、こういうの売れんのか？」

「昔は売れたらしいけど、今は値段がつかないですかねー。火炎袋って言ってるけど、実際のところは液体吐き出すための筋肉の塊っていうか……あんまり価値がなかったみたいっす」

金属といい内臓素材といい、売れなくなったモン多過ぎだろ。ふざけんな。

「でもな。これ、あくまで見た目での素人《しろうと》判断だけど、肝臓から細い管がめっちゃ通ってきてるから、肝臓ありきで考えりゃ色々わかるんじゃねーのか？」

多摩支部：絶対に肝臓とセットで持ち帰ってください。値段については少々お待ちください。

：公式さん!?

：まーた大発見きたか？

冒険者にせよ探索者《たんさく》にせよ同じだと思うが、荒事《あらごと》に強い人間でないと現場に行けないせいで、研究者目線で欲しいものを持ち帰られないことは多々あるのだろう。

「そんな感じなら、これも欲しいんじゃないか？」

取り出したのは、足首回りの関節部だ。骨の間を、軟骨《なんこつ》にしてはぷっくりモチモチしたものが埋《う》めている。

「イカれた跳躍《ちょうやく》を実現してんのが、おそらくこの部分なんだよな。未知の軟骨成分とかとれるんじゃねえかなと」

ちなみに焼いて食うと美味《うま》い。

多摩支部：そちらも買い取ります。骨格の形状がわかる形で持ち帰ってください。それと、皮は買い取りますので、そちらも可能な限り持ち帰ってください。

こいつ一匹でドローンの積載量《せきさいりょう》をどんどん取られていく。もっと大型のを倒したら、みんなで分担して持ち帰らないといけないだろうな。

ざっくりと肉を取り分けたら、広げた皮の内側にのっけてトリミングし、切り分ける。

「よし、焼いて食うぞ！」

「あー、やっぱりそうなるんだ」

細剣から手を離《はな》したスイが諦めたように言った。

「こんだけデカけりゃ見た目はちゃんと肉、サバイバルだと初心者向けってとこだな」

「一応、ちゃんとした携行《けいこう》食料はありますが……」

「これもちゃんとした肉だ」

「そうですね。竜種の肉に興味がないわけじゃないので、頂きます」

トウカも消極的に賛成といったところか。こうやって少しずつ慣れさせていけば、ずるずると色んなものを食うようになっていくな。

肉をどんどん薄切《うすぎ》りにしていく。そして、次に取り出したるはこれ。

「ツヴァイハンダー？？」

スイが疑問を浮かべる。軽く火にかけて消毒。水をかけると蒸気が上がった。少しだけ冷めるのを待った。

「ヒルネ、ちょっと押《お》さえろ。トウカは焚火を挟《はさ》むようにして、例の逆茂木を組んでくれ」

トウカはよく分かっていない顔ながら、金属の柵《さく》を組んでくれた。よし。

ラプトルの肋骨にツヴァイハンダーを立て掛け、柄をヒルネに固定させる。刃先からデカい薄切り肉を何枚も何枚も重ねて刺していく。しばらくすれば、小さめのケバブの出来上がりだ。サイズ感としては、二リットルのペットボトル三本分ってところか？

刃先をバールに引っかけて持ち、柄はヒルネに持たせて焚火に移動。逆茂木《さかもぎ》に両端《りょうたん》を引っかけて、炙《あぶ》り焼きが出来る状態になった。あとはクルクル回しながら焼いて、出来たところから薄く削《そ》いで食べるだけ。

「うわー、こうしたら完全に食べものですねー！」

ヒルネが華《はな》やいだ声をあげる。

「最初から食べ物だろうが」

言わんとすることはわかるけどな。生き物のままの姿を見て「うまそう！」とはあんまりならない。せいぜい魚とかカニくらいのもんだろう。現代人は料理を食って生きているからな。命とは離れた場所で、命だったものを食っている。

交代交代でケバブを回し、じっくりと肉を焼いていく。表面に浮いた脂《あぶら》がぽとりぽとりと焚火に落ちて、細い煙《けむり》をあげた。

だんだんと色合いが変わり、肉の焼ける香《こう》ばしい匂《にお》いがし始めた。

スイが沸《わ》かした湯で煮沸《しゃふつ》消毒してくれた一〇〇均包丁をとり、焼けた表面に当てた。ここまでくれば、みんなも肉の口になっている。全員の顔が期待に満ちたものになっていた。

包丁をぎこぎこと動かし、薄く表面をそぎ切っていく。それをスイが用意してくれた人数分のシェラカップに入れていった。

「熱くないの？」

「ありえん熱い」

当たり前だろ、肉が焼ける温度に手を置いているんだからな！

こういうぱっぱ作業したいときには一〇〇均包丁はダメだな。ギコギコしなくてもスゥーっと切れるやつが欲しい。

全員に行き渡《わた》り、それぞれが好みで調味料をかける。俺は断然、塩とワサビだな。ワサビ自体に塩を練《ね》り込《こ》んで、それをちょいと付けて食べるんだ。鼻に抜ける清涼《せいりょう》な香りが美味さを強調するのはもちろんだが、何よりも食うときに扱いやすいのが良いな。

「いただきまーす」

女子たちが声を揃えて、ちゃんといただきますしてから食べ始めた。

こいつら育ち良いよな。

俺は素手《すで》でケバブを食べる。んー、ラプトルの肉って感じだ。

小さく切られてなお残る硬《かた》さ。まずそれに「ん？」となる。が、噛み締めた部分から強い旨味《うまみ》が染み出してくる。肉汁《にくじゅう》だの サシだの贅沢《ぜいたく》なもんじゃない。鴨肉《かもにく》のような、肉の繊《せん》維《い》がほどけるときの旨さが、シンプルにがつんと来る。

「なにこれ、めっちゃ美味《おい》しい！」

スイはシンプルに塩コショウで食べている。そうだろうよ。旨い肉は、どう食ったって旨いんだ。

「竜種ってこんなに美味しいのですね」

「肉食の動物は美味しくないってよく聞くけど、全然臭みとかないですわー」

大好評のようだ。がっつく育ちざかりどもに、どんどん肉を切り分けてあげる。なんか父親にでもなった気分だな。

「肉食動物が不味《まず》いってのは偏見《へんけん》だな。マグロもブリも肉食魚。イセエビは虫で釣《つ》れるし、カニは腐肉《ふにく》食。クジラだって肉食だ。カエルやワニなんかも肉が美味いってんで、昔は何度も話題になってたな」

「なんていうか、それは水回りの生き物だから、とかじゃなくて？」

「ジビエだとアナグマなんかはめっちゃ美味いって言われていたぞ。肉食動物が不味いんじゃなくて、イヌ科とネコ科が不味いってだけなんじゃないのか？」

知らんけど。魚を食う魚は美味いのに、魚を食う鳥は不味いとかもあるしな。牛もバイソンも美味いのに、水牛は不味いとか、色々だ。

「ちなみに竜でも不味いやつはいるから、味なんて種で大きく変わるもんだ」

「へぇー、そうなんだ」

ぶつりと口の中でほどける感触も、慣れれば癖《くせ》になる。シェラカップをドローンのカメラに見せつけて自慢《じまん》してやる。

四人がかりで食べればあっという間になくなった。串《くし》代わりのツヴァイハンダーが触れていた場所は食べずに、そのまま炭にしてしまう。

食休みにダラダラと休みながら、俺は気になっていたことを聞いてみた。

「そういえば、何でお前らはダンジョンに潜《もぐ》ってんだ？」

俺の時代とは扱いが違うし、配信が流行《はや》っているからには、多少は芸能人に近いようなキラキラ感もあるだろう。

だが、命懸《いのちが》けだし、泥臭《どろくさ》くて、我慢《がまん》の多い仕事でもある。

普通《ふつう》に生きていれば明日の朝日を拝める人間が、わざわざ目指してやるような商売じゃないと思うんだが。

あ、蓮と康太は別だ。蓮はバカだからダンジョンがお似合いで、康太は荒事の中で成長した方がいい。男子は危険に憧《あこが》れて、怪我《けが》して成長するんだ。理由なんて適当でいい。

質問にまっさきに答えたのは、意外にもトウカだった。

「私は魔法《まほう》に魅《ひ》かれたからですね。三〇万年の人類の歴史の中で存在しなかった概念《がいねん》に、体当たりで触れられるのが嬉《うれ》しいんです。買ったばかりの本を一ページずつ大事に大事に開いていくような……知的好奇心《こうきしん》が満たされる胸の高鳴りがために、探索者になりました」

めっちゃ真っ当な理由だった。

確かにな。あんまり関心を持ってこなかった俺だが、魔法に魅《み》せられるやつは昔からいた。ファンタジーだ、そりゃあ夢をもつ。

俺とて魔法は嫌《きら》いじゃないし、興味がないわけじゃない。ただ、自分が使うには、なんていうか頼《たよ》りないのがな。得体のしれないふわっとしたものより、強く握《にぎ》りしめられる鉄の方が安心できるってだけで。

「私は……なんでだろうね。仲が良かった先輩《せんぱい》がダンジョンで亡《な》くなって、それで……」

スイは自分の心の中の答えを探しながら、ゆっくりと話す。それでもはっきりと言葉にするのは難しかったのか、諦めて目を伏《ふ》せた。

「気持ちを整理する前に行動してんのか。ダンジョンに向いてるな」

「なにそれ」

俺の発言が的外れすぎたのか、スイは小さく笑った。

「私は二人と比べたら、全然ちゃんとしてないっていうかー……配信で見た探索者がかっこよくて、うちで経済的なあれこれがあったタイミングだったのもあって、それでですねー」

「あるあるって感じだな」

ヒルネは気まずそうだが、理由なんて人それぞれだ。

「俺は腹が減ったから飯食いに来たからな。おかげでドラゴンケバブだ」

「ダントツでひどい理由だよね」

ちょっとだけ湿《しめ》っぽい空気を吹き飛ばすように俺たちは笑った。

ただ、ちょっと不安が残るな。

ヒルネは探索者に理想の姿があるのだろう。そして、今回のボス戦ではほぼ活躍の機会がなかった。

斥候職ってのはそんなもんだ。探索時にもっとも輝《かがや》くのであって、強力なモンスターとド突きあうのは専門外。問題は、その合理的なカッコ悪さを受け入れられるほど、思春期の少女が大人なのかってところだ。

しばらくは様子を見てやった方が良さそうだな。焚火《たきび》を囲んで楽しそうに話す少女たちを見ながら、そんなことを思った。

残った竜の肉を、ラップみたいなものでぐるぐる包む。スイから分けてもらったこの資材は、包んだものの腐敗《ふはい》を遅らせる効果があるらしい。といってもほんの数日伸《の》びる程度らしいが。

隣《となり》でトウカとヒルネが、巨大《きょだい》な肝臓と火炎袋に四苦八苦しながら、同じような処理をしている。

「この後どうする？」

誰《だれ》がリーダーとかではないが、なんとなくスイに尋《たず》ねた。

スイは金属のポールを組み立てて、アンテナのようなものを立てている。それが居場所を示し、そこに誘導《ゆうどう》するビーコンになるらしい。

「ナガさえ良ければ、もう少し潜りたいな。今、下の階層から戻ってきてる最中のパーティーがいるみたいだから、売却《ばいきゃく》用の採取物は預けられないか、協会を通じて交渉《こうしょう》できるかも」

「俺は大丈夫《だいじょうぶ》だ。つーか、探索者事情ってのも随分《ずいぶん》と進歩したもんだな」

「今さら？」

もちろん、今さらだ。

違うんだよ。ドローンの積載量だとか、スマートウォッチがとか、そういう純粋《じゅんすい》な技術面の進歩じゃねえんだ。

ダンジョンに潜るのがメジャーな仕事になって、たくさんの人間が同時にダンジョンにいる。それぞれの身元がしっかりしていて、お互《たが》いにある程度の信用がある。ただ潜ってお宝かき集めて帰るだけじゃなくて、ビーコンや拠点《きょてん》の設営なんかの依頼《いらい》もある。

そういう、産業としての進歩があって初めて「帰りは荷物少ないいんだから、俺らの分も持って帰ってよ」という交渉が成り立つんだ。

「地下二六層以下の経験は？」

「まだ。だから、ナガがいるのが前提のダンジョンアタックになるんだけど、いいかな？」

「お互いにとって折角《せっかく》の戦力強化だ。行けるところまで行くか」

俺とて別に圧倒的《あっとうてき》に強いわけじゃない。所詮《しょせん》は人間、対応力に限界ってもんはある。カバーがあるなら、それに越《こ》したことはない。

三章

地下二五層と二六層には極《きわ》めて大きな違いがある。それは。

「めっちゃ晴れてますわー……」

ヒルネがぽかんと口を開けて空を見上げる。

広がる青空、中天を越《こ》えやや傾《かたむ》く太陽。足元には膝《ひざ》くらいの丈《たけ》の短い青草が風にそよいでいる。遠くには小さく建物の影《かげ》が見えた。

「階層降りたら、斥候は警戒《けいかい》だぞ」

「あ、すいません」

気持ちはわかる。地下二五層までは、屋内だろうが屋外だろうがずっと薄暗《うすぐら》い。だが、地下二六層からは昼夜の区別がある。

この階層の地理的な特徴《とくちょう》を言うなら、廃村《はいそん》ってところか。放棄《ほうき》された耕作地と、ところどころに点在する集落。この集落で意外と物資が手に入るんだよな。

「あそこの集落に、採取物を預かってくださるパーティーがいるようです。ビーコンを立てくださっています。一先《ひとま》ず合流いたしましょう」

「わかった。ヒルネ、俺と先行するぞ。スイとトウカは、俺たちが踏《ふ》んだ草の右側を必ず歩け」

スイとトウカは理解していないながらも、頷《うなず》いた。

ヒルネと二人きりで、小走りで先行する。いくぶんか距離をとれたところで、ドローンから取り出した槍《やり》を一本地面に突《つ》き刺《さ》し、ロープを引き裂《さ》いて作った布切れを縛《しば》り付けた。

「何してんですか？」

「二本の目印を作って、その間に罠《わな》を張る。こんな目立つもんがあれば、斥候なら周り調べて理解するだろ？」

「なるほどですなー」

草を束ねて先端を結ぶ。単純な足掛《か》け罠だ。綺麗《きれい》な輪にする必要はない。こういうのは、雑でも数が大事だからな。

「なんでわざわざこんなモン作るのかっていうとな。この階層で出るのはコボルトとワーウルフなんだよ」

「ワーウルフって人狼《じんろう》でしたっけ。なんか関係あるんですか？」

「コボルトもワーウルフも、移動は四足歩行だ。あと、あいつら地味に知能が高い。過去に遭遇《そうぐう》したときには、上半身に緑のカーディガンを着ていた。奇襲《きしゅう》されると面倒《めんどう》だから、せめて片方くらいは塞《ふさ》いでおくんだ」

「うわぁ、斥候泣かせですわー」

やつらは草に紛《まぎ》れるように、低い姿勢で走りたがる。だからこそ、雑な罠でもブッ刺さる。

ところ変われば、同じモンスターでも厄介《やっかい》さが段違《だんちが》いで変わるんだ。それに、こうして道を作っておけば、帰りも楽だからな。

：これ全探索者がやったら、この階層くっそ楽になりそう

多摩支部：探索者が仕掛けた罠の目印用の資材と、その周知の準備をします。

：秒で公式反応してんの草原生える

：腰痛くなりそう（三十路並感）

慣れれば簡単なもんよ。ガキの頃《ころ》はちょっと長い草を見つけたら、暇《ひま》をいいことに作りまくって大人に叱《しか》られたもんだ。手首を回しながら「くるりんちょ」のリズムで一個仕上がる。

「ヒルネ。斥候に大事な技能ってのは三つある」

「うす」

「単独で生きて帰ること。違和感《いわかん》を見逃《みのが》さないこと。知識があること。この三つだ。逆に言えば、これに関係しない分の技能は必要ねぇんだ」

「……はい」

ちまちまと草を結んでいく。地味だ。だが、この地味な作業が斥候の仕事だ。振《ふ》り返れば、もう二〇メートルも防衛線が引かれている。地味さに耐《た》えてコツコツやってりゃ、そのうち結果はついいてくるんだ。

「でも、ナガさんって知識すげー偏《かたよ》ってますよね」

「……ダンジョンに関係しない分のは必要ねぇんだ」

一〇〇メートルくらいは草の罠を敷いただろうか。いったん槍を立てて小休止する。

実に面倒くせえよな。これだから斥候は嫌《いや》になる。俺一人だったらこんなことはしないでサクサク進むが、今はチームがいるしな。それに――。

「草結ぶだけなのにめっちゃ疲《つか》れましたわー」

手をぷらぷらと振りながら、後ろを振り返るヒルネを見た。こいつに経験を積ませてやらないとな。

本当に小《ち》っちゃいな、こいつ。俺が身長一九〇くらいで、こいつは一四〇くらいか？　細くて小っちゃくて、捕《つか》まえたら片手で振り回せそうなくらいの体格差だ。

「腰は痛くないか？」

「全然平気です！」

「若いな」

「ナガさんも体は若いじゃないですかー」

若いな、なんてつい言ってしまったが、腰が痛くない理由は他にあるだろう。シンプルに、小柄《こがら》な方が腰を痛めづらい。

「それにしても、異様に静かだな。不自然な草の揺《ゆ》れもねぇから、近場で潜伏《せんぷく》しているってわけでもなさそうだが」

「先行のパーティーが蹴散《けち》らした、とかですか？」

「それにしちゃ血の匂いがしなすぎる。もっと五感全部を使え」

「すんません」

ダンジョンは広い。この階層にしたって、横へ横へと移動した場合、どこまで続いているのか見当もつかない。モンスターに意思がある以上は、好き勝手に動いた結果、たまたまここが空白地帯になる可能性もゼロじゃないが……。

「ちょっと危険な感じがするな。荷物預ける予定のパーティーと情報交換《こうかん》がしたい。ヒルネ、先行してくれ。うちが罠仕掛《わなしか》けながら進んでいることと、静かすぎるってことについて伝えて、向こうからも知っていることを聞いて戻ってこい」

「おけです！」

飛び出す小さな背中を見送る。足が草に絡《から》まないよう、膝を胸につくまで上げて走る。

それなのにバタバタした音は立てていない。

天才、なんだろうな。

ヒルネは斥候の才能を持っているが、経験がモノをいう斥候という業種だからこそ、才能に気づけていない感じがする。

一人でチマチマと草結びの続きをしていると、スイとトウカが追い付いてきた。

「ヒルネは偵察《ていさつ》？」

「いんや、合流予定のパーティーへの伝令だな」

「メッセージ機能でも使えばいいのに」

「メッセージな。なぁ、そのメッセージ機能ってどこまで信用できるんだ？　例えばだが、スマートウォッチを奪《うば》われたら？　複製されたりしたら？　どうなる？」

「どうなるって……ふつうは他の人じゃ使えな……!?」

スイは息をのんだ。

「気づいたか。地下二五層には、ワーウルフが出る」

そのとき、集落の方から大声を出しながら集団が走って来た。

「「「「大変ですー！」」」」

視線をやると、五人のヒルネがいた。全く同じ顔、全く同じ装備。

ワーウルフ。人狼。

人と狼《おおかみ》を混ぜたような姿で、コボルトとよく似ているが、こいつは妖精《ようせい》種じゃない。獣《けもの》種、今だと魔獣《まじゅう》種に分類される。本質的には狼であり、変身の能力を使う。

「ナガさん、大変で」「人狼ですよ人狼！」「私が増えちゃった！」「さすがに本物わかりますよね⁉」「私が本物ですー」「ごめんなさい、こんなことに」「集落もすごいことになってます！」「助けてくださいー！」

うるっせえ。要するに人狼ゲームの始まりってことだ。

「ど、どういたしますか、ナガさん？」

トウカも冷汗《ひやあせ》を流している。ということは、魔法で解決は無理か。

「定番の解決方法があってな」

「はい」

「全員吊《つ》る」

「えーと、皆殺《みなごろ》しということですか？」

「おう」

「ダメに決まってるでしょ！」

細剣《さいけん》の鞘《さや》でケツをしばかれた。だよな。俺も本気で全員殺ろうなんて思っちゃいない。

「まあいいさ。こういうことがあるから、斥候が単独で先行するんだ。一斉《いっせい》に化けられて乱戦になるのが最悪だからな」

「それはそうだけど……どうやって見破るの？」

「普通は質問を重ねて、本人っぽさで判定する感じだな。だが、ドローンの映像でどうにかならないか？」

「確かに！」

「おう、お前ら全員五メートルはあけて並べ」

「はーい」「はい」「すんません、本当に」「ごめんなさい」「はいー」

「そんで、正座しろ」

見破った瞬間《しゅんかん》にぐちゃぐちゃ動かれるのが面倒だからな。正座させたうえで、足首に草をくくりつける。これで即座《そくざ》には動けない。

俺とスイとトウカで配信画面を遡《さかのぼ》り、化けられたときの様子を確認《かくにん》した。だが。

「ドローンの人物判定が混乱して、視点がガクガク変わりますね……」

そうなのだ。人狼に化けられた瞬間から、ドローンが誰を映せばいいか分からなくなり、視点が動き回り、その間にヒルネたちの立ち位置が動きまくる始末。映像での確認は不可能だった。

「現代技術頼りにならねぇな。古き良き方法でやるか」

「お願いするね？」

俺は左端《ひだりはし》のヒルネから尋問《じんもん》を開始した。

——何歳《なんさい》？

「一六歳《さい》です」

——緊張《きんちょう》してる？

「……そりゃしますよー」

——こういうのは初めて？

「初めてですねー」

——こういうことに興味があったの？

「興味って、状況的《じょうきょうてき》に仕方なくじゃないですか」

っている。


――一人でもする？

「しないでしょ」

「なんか質問おかしくない？」

「おかしいか？」

インタビューといえばこんな感じだったと思うんだがな。謎《なぞ》に配信コメントも盛り上がっている。

ぶっちゃけ俺もパーティーでこの階層潜ってたわけじゃないから、そんなに詳《くわ》しくはないんだよな。あと、そもそも俺がヒルネについて詳しくないっていうな。

「それじゃあ、別の方法をとるしかないわな」

「他にあったのね」

「ワーウルフは知能が高いとはいえ、人間ほどじゃあない。だから、ちょっと難しい問題を出せばいい。二次関数の計算あたりから出来なくなると言われていたな」

なお、冒険者《ぼうけんしゃ》の大半は二次関数がわからないから、冤罪処刑《えんざいしょけい》が多発した模様。そんな話をすると、ヒルネたちが顔を真っ青にしている。まさかな。

「この中で二次関数解ける奴《やつ》」

全員が視線を逸《そ》らした。うっそだろ、おい。

本人がワーウルフより頭が悪いパターンは想定していなかった。

ワーウルフの変身は魔法的な能力だ。人知を超えたコピー能力は、網膜《もうまく》パターンや指紋《しもん》などの生体的なものはもちろん、記憶《きおく》なんかの領域も模倣《もほう》する。ただ、人間に対しての攻撃性《こうげきせい》を維持《いじ》するためかは知らないが、価値観や思考能力までは真似《まね》できない。

ゲームで例えるなら、アバターとステータスはほぼ一緒《いっしょ》だが、技・スキル・プレイヤーの手癖《てくせ》なんかに違《ちが》いが出てくる感じだな。

「つーわけでだ。だいたいは、トロッコ問題みたいな倫理観《りんりかん》のテストだったり、数学や理系のような思考力を試《ため》す問題を出すんだが……コレじゃあな」

「ううう、すいません」「もっといい感じの問題お願いしますー」「三平方の定理ならまだいけるかもです！」「三平方の定理ってなんだっけ……」「ていへんかけるたかさわるに！」

「それだ！」

マジでうるせえ。バカが五人に増えるな。

「よほどお互いのことを理解していないと難しいかもしれませんね……」

トウカが難しい顔をする。

「もしナガに変身されたら、わからない自信あるよ」

スイも不安そうに俺を見る。大丈夫だ、安心しろ。

「そのときは俺同士で殺しあえばいいんだよ。フィジカルじゃなくて小手先で戦うタイプは、ワーウルフに有利を取りやすいからな」

身体能力をコピーできても、戦闘《せんとう》中の思考はワーウルフ基準だ。知識はあれど、目まぐるしく動く戦況《せんきょう》の中で、それを活《い》かしきれる知能はワーウルフにはない。

「ヒルネは素の戦闘力はワーウルフより低いだろうから、その方法はとれねぇんだよな。パワーファイターのトウカも同じだ。ワーウルフ自体がパワーあるモンスターだから、力任せの戦い方は上手《うま》い」

スイはよくわかんねぇや。妙《みょう》に思い切りの良さがあるからな。

「あ、いいこと思いついた」

スイが指を立てた。

「お、なんだ？」

「ちょっと一人ずつと話していい？」

「おう」

俺はドローンからツヴァイハンダーをとり、正座させられているヒルネ達《たち》の背後に立つ。気分は処刑《しょけい》人だ。

スイが一人一人の耳元で、コソコソと話し、何かメモのようなものを見せる。全員と話し終えたスイは、俺たちの方を向いた。

「わかったか？」

「うん。本物は……」

「ちょっと待て。外れを二体指名しろ」

当たり一人を示せば、それが本当だった場合に、偽物《にせもの》四体が一斉に暴れだす。外れ二体だった場合、残されたワーウルフは「自分はまだバレていない」と望みを持つから、大人しくしている可能性がある。

「これと、これ」

スイが指をさす。同時に、俺は体をひねりながら遠心力を使い、ツヴァイハンダーを振り抜《ぬ》いた。くるりと回転の勢いを乗せながら踏み込み、もう一発。二つの首が刎《は》ね飛ばされる。

噴《ふ》き出す血飛沫《ちしぶき》の中、ヒルネのようだった体がぐにゃりと歪《ゆが》み、毛むくじゃらの狼のそれに変化した。

「ちょっと！　もし私が間違《まちが》えていたらどうするの⁉」

「対応ミスったら死ぬのはダンジョンで当たり前だろ。結果として大当たりじゃねぇか」

スイもトウカも目を閉じて首を振った。あり得ないとでも思っているのかもしれないが、思い切りの良さって大事だぞ。生き残りのヒルネたちはガクガク震《ふる》えている。

「一：四で違いが出たんなら、そりゃもう正解なんだよ。いいから言っちまえ」

「え、ええと。これとこれ」

スイが言うが早いか、指された二体が短剣《たんけん》を抜きながら立ち上がろうとした。が、胴体《どうたい》ごと斬《き》り捨てた。ツヴァイハンダー、使いやすいな。重さに引っ張られるようにして動いたら、想像以上に早く移動もできるぞ。

大正解だな。地面に崩《くず》れ落ちたのは、両断された狼の死体。

「ひ、ひぇ」

半泣きで腰を抜かしているヒルネには悪いが、こういうので「本当に正解なのかなぁ？」だなんて迷っていると、永遠に踏ん切りがつかなくなる。リスクが怖《こわ》くて決断できないなら、ダンジョンには潜らない方が良い。

「どうやって判別したんだ？」

一応スイに聞いておく。

「ええと」

ちらりとヒルネを見て、少し躊躇《ためら》いがちに続ける。

「一＋一×五は？　って。四人が六って答えて、一人だけ一〇って答えたから……」

「あー、逆にバカ一人を発見したってことか」

「そういうわけじゃ」

そういうことだろ。うっかりさんと言い換《か》えれば良いのか？

ワーウルフと逆方向で知性の差があれば、それはそれで発見できるってことだな。昔の冒険者たちに教えてやりたい知識だ。

「これも支部長ちゃん案件か？」

多摩支部：汎用性に欠けますので……。

：馬鹿発見器

：俺もワーウルフに負ける自信あるわ

：ワーウルフ賢すぎんか？

：ゴブリンさん怖すぎだろ

：ヒルネちゃん斬るシーンで配信開いて漏らした

：ワーウルフ判別問題集つくるか

汎用性に欠けるといえばそうか。まぁ、パーティーごとに対策を話し合っておけ、くらいしか言えることはないな。

「さて、そんじゃあヒルネ、集落での報告をくれ」

「少々お待ちください。ナガさんは周囲の索敵《さくてき》をしていただけますか？」

なぜかトウカがテントを広げている。こんな開けた危険地帯でテントだなんて、何考えてんだ？

「何も聞かないで。索敵して」

スイにまで強い口調で言われる。トウカがヒルネの体を隠《かく》すように抱《だ》き起こした。

あー。なるほどな？

「ちょっと離れたとこで草でも結んでるわ」

「そうして」

悪いことしたかもしれん。後悔《こうかい》はしていないが、反省はした。

不思議なことに、汚《よご》れ一つない服に着替《きが》えたヒルネがテントから出てくる。なんでこんな平地で着替えているんでしょうねえ！

「よし、それじゃあ改めて報告をくれ。配信映像からだと、集落に入った直後からカメラの乱れが酷すぎる」

「なんでそんないつも通りなんですかねー」

ヒルネがぼやいた。

それからヒルネ自身が目にしたものを聞き取る。

集落の規模は建物一〇戸程度で、井戸と馬小屋があるものの、どれも使われた形跡《けいせき》はない。

合流予定のパーティーはいたが、五人組のはずなのに、一〇人いたらしい。複数のワーウルフっぽいやつは特定して捕縛《ほばく》したが、その過程で学習されたのか、それぞれ最後のワーウルフを特定できず、疑心暗鬼《ぎしんあんき》の状況《じょうきょう》。

ということらしい。

「良くないな」

「助けに行く？」

スイが難しそうな顔で尋ねてくる。「助けに行こう！」とか言うかと思ったが、なかなか現実が見れているな。

「助けるのはやぶさかじゃないんだがな。ヒルネ、お前はどう思う？」

俺が決めてもいいが、今日の俺は師匠《ししょう》気分だ。いいとこが少ないやつには出番をやらねえとな。

「えーーーっと。集落に入ってすぐに化けられちゃったってことは、今そのパーティーに化けてる他に、ワーウルフが集落に潜《ひそ》んでるってことだから、危険性は高いかなーと」

「そうだな」

「ただ、化けられないように、みんなで固まっていけば、そんなに苦戦しない気もするから、助けに行ってもいいかなとも思います！」

「それもそうだ」

俺はトウカにも視線をやるが、こくりと頷くだけだった。

「一応言っておくとな。この階層はワーウルフとコボルトが出る。コボルトが姿を消している理由がまだわかっていない。イレギュラーが発生したら、この草罠を仕掛けている場所まで撤退《てったい》するぞ」

全員がしっかり頷いた。

罠はいいぞ。簡易的な防衛拠点としても使えるからな。

俺は倒《たお》したワーウルフの死体をドローンに積《つ》み込んで、集落に向かった。

集落の中。井戸が設置してある広場に、似たような迷彩服《めいさいふく》を着こんだ集団がたむろしている。黒とグレーで構成された、ドット絵みたいな柄《がら》。薄暗い空間を想定したデジタル迷《めい》彩《さい》ってところか。

雰囲気《ふんいき》は最悪。お互いを疑いの目で監視《かんし》しあっている。

「おいおい、ひでぇ空気だな。魚の群れの方がまだアットホームだぞ」

「なんだお前は……なんなんだお前は？」

声をかけてみれば、全員の疑いの目が、綺麗に矛先《ほこさき》を俺へと変えた。そんなひどい言われようするほどじゃないだろ。髭《ひげ》だって指でつまめるかなー、くらいしか伸びてないぞ。

「見るからに怪《あや》しいですし、雰囲気とか変ですけど、悪い人じゃな……ええと、私たちのパーティーメンバーなんです」

スイが庇《かば》ってくれた。が、もっと言いようがあるだろ。あと、悪い人じゃないって言いきれ。

「私が連れてきた応援《おうえん》です！」

「荷物の運搬《うんぱん》を依頼していたパーティーです」

ヒルネとトウカも前に出てくれる。

おかしくねぇか？　モンスター相手だと俺が最前線なのに、人間との対話で一番後衛にされるの納得《なっとく》いかねぇぞ、おい。

「ワーウルフと人狼ゲームで遊んでるって聞いたからな。尋問の手伝いしに来てやったぞ」

彼《かれ》らはお互いのリアクションを確かめ合うように、視線を交《か》わす。野郎《やろう》一〇人で顔色窺《うかが》い合うな。修学旅行の夜にする好きな子発表会じゃねぇんだから。

「ワーウルフじゃねぇなら、身の潔白を証明したいはずだろ？　ここで嫌がる奴はワーウルフってことで良いか？」

「ナガさん。そういう煽《あお》りはいけませんよ」

前衛は火力出すのも仕事だもん！

そんな俺たちのやり取りに、苛立《いらだ》った顔をした男が一人前に出た。そいつは大きくため息をついてから、俺たちに言う。

「舐《な》められちゃ終わりの商売だけど……いい加減疲れた。出来るってんなら、手を貸して貰《もら》おう。俺はこのパーティーのリーダーをしている、山里千里《やまざとせんり》だ」

「ほー」

俺は少しばかり感心した。頼《たの》む姿勢ではあるが、決して下手に出ない。世間一般《いっぱん》からしたら褒《ほ》められた様子じゃないだろうが、暴力商売ならこれで正解だ。

舐められる。弱いと思われる。そうすると、仕事がなくなる。仕事がなくなれば割の悪い仕事を引き受けることになり、自分や仲間の命を叩《たた》き売りする羽目になる。

こいつらには物資の運搬をしてもらうんだしな。力を貸し合っての対等な関係ってもんよ。

「じゃあお前のセットからな。適当な建物に入るぞ」

俺は山里二人を連れて、大きめのボロ家に入る。それぞれを後ろ手に椅子《いす》に縛り付け、強制的に食卓《しょくたく》テーブルにつかせた。

「で、どうするつもりだ？　俺はお前を知らないし、お前も俺を知らないだろう？」

山里が濃《こ》い顔でしかめっつらを作りながら言う。なんかこいつ、愛嬌《あいきょう》ある顔立ちしてんな。野球部ならキャッチャーしてそう。

俺はドローンから刎ねたワーウルフの生首を取り出し、テーブルにダンと叩きつけるように置いた。

「ワーウルフは社会性の高いモンスター、という情報があってだな」

「そうだな」

群れを作り連携《れんけい》して狩《か》りを行うからな。

「知性も高いから、同族と他を区別できるんじゃねぇかなと」

「それはそうだろうさ。だがな。ワーウルフの死体で動揺《どうよう》を誘《さそ》おうと思ったんだろうが、無駄《むだ》だ。こいつらは仲間の死体を無視する」

「そうか。やっぱり無視するんだな。埋葬《まいそう》とかの概念はないが、目の前に新鮮《しんせん》な肉があっても、同族のは無視するんだな」

「……おい」

山里たちの口元がひきつった。察しが良くて、大変結構。

「今から君たちには、俺の手料理を食べてもらう」

本格的に飯にするってわけでもない。踏《ふ》み絵《え》みたいなもんだ。そんなに量は作らなくてもいいだろうな。どちらかというと、原形を残すことを重視した方がいいだろう。

人間だって「人肉食べなさーい」なんて出されたときに、薄切《うすぎ》りベーコン状だったらギリ食えるだろうが、頭の丸焼きだったらキツイだろ。

足の煮込《にこ》みにするか。

廃屋《はいおく》のキッチンにあった鉄鍋《てつなべ》を、かまどに載《の》せる。かなり古そうだが、表面がしっかり黒錆《くろさび》で覆《おお》われていて、十分使えそうだ。というか使い終わったら持っていこう。俺のもんだ！

ワーウルフの皮下脂肪《しぼう》をじっくりと火にかけて油を出す。一緒にチューブのニンニクを入れて、香りを立てる。油かすの肉片《にくへん》がじゅわじゅわと泡《あわ》を立てたら、ワーウルフの手首から先を放《ほう》り込《こ》んだ。

毛皮を剥《は》がして、肉球と爪《つめ》は残したワーウルフの足を、バチバチと音を立てながら揚《あ》げ焼きに。四頭分で一六個の足がきつね色になったところで、油はその辺にぽい。ダンジョンに環境《かんきょう》問題なんか存在しねぇ！

　ギリギリひたるくらい水を入れ、塩コショウをバッバッと雑に入れたら、一〇分ほど煮込むだけだ。味は保証しない。ギリ人間が食えりゃいいんだよ。揚げ焼きにしたんだから、半分くらいは臭《くさ》みも抜けてるだろ。

「おら、食え」

　山里二人組の前に、それぞれ一個ずつ置いてやる。見た目はブルブルした獣の手って感じだな。そのまんまだ。

「いや、無理だって」「ワーウルフの生態以前に、人間も食えねぇだろコレ」

　二人揃《そろ》って嫌がる。

「そんじゃどっちもワーウルフか」

　ツヴァイハンダーの刀身の中ほどを持ち、杭《くい》のようにして振りかぶる。

「待て待て待て待て、そんじゃじゃないだろ⁉」

「食う、食う！　食えばいいんだろ⁉」

　片方だけが食った。

「おえ、マジでくせえ」

　嘔吐《えず》きながらも、無理やり喉《のど》を動かして、なんとか飲《の》み込むところまで見守る。

「硬《かた》い。不味《まず》い。舌に臭い脂《あぶら》が残る。胃の奥《おく》で犬飼ってるような臭いがする」

涙目《なみだめ》で俺を睨《にら》みながら、暫定《ざんてい》山里は言った。あんなに手間かけたのに無駄だったか。いや、手間かけたからギリ食える仕上がりなのか？

「どうだ？」

「そうか。それなら双子《ふたご》の兄貴を喪《うしな》っても、もう寂《さび》しくないな」

俺は食わなかった方の頭をカチ割った。血と脳が飛び散り、白目を剥《む》いた狼の頭がテーブルにどしゃりと突っ伏《ぷ》す。図《はか》らずも、ワーウルフ煮込みが半開きの口に押《お》し込まれた。

「おいおい、やれば食えるじゃねぇの」

「やっぱこいつおかしいだろ。本当にお前らの仲間なのか？」

山里がくっそ失礼なことを言うが、俺の仲間三人は気まずそうに目を逸らしている。おい。

「とりあえずこの作戦はアタリだな。ぱっぱ片付けようぜ」

：倫理観アップデートしろ
：こっちの方法は汎用性高いな。高いのか……？
：ワーウルフ1匹目見つけるのがムズイ定期

：レトルトにしようぜ
：ヒルネちゃんの犠牲は無駄じゃなかったんや……
：なんというか、手心を
：殺しの絵面が歴代最悪なのよ

いつも通りウザいコメント欄《らん》に中指を立ててから、次の組を呼ぶ。嫌そうな山里の協力も得て、ひとまず山里たちに化けていたワーウルフを始末した。

「案外、簡単に終わったか？」

必死になって水で口をゆすいでいる奴らを見下ろしながら言う。なんとなく嫌な予感がしたんだが、外れたか？

「ナガ以外はかなりダメージ負ってると思うよ」

そんな馬鹿な。

「こうして見ると、ただのと言うにはちょっと体形がおかしいですが、普通《ふつう》の狼みたいですね」

外に捨てるためにワーウルフの死体を持ち上げたトウカが言った。最後に俺が心臓を一突きにしたやつだな。

「そうだな……は？」

「え、なに？」

「ワーウルフってこんなに狼だったっけか？」

俺はトウカから死体をひったくると、山里の目の前に放り投げた。

「うぉっ、何するんだ」

「よく見ろ。草原でワーウルフと正面戦闘したことくらいあるだろ。こんなんだったか？」

「こんなもんだろ。ワーウルフの四足歩行は……いや、なんだ。なんか違うような気もする」

俺たちは妙な違和感に揃って首をかしげる。

「持ち上げて立たせてみますー？」

「そうだな」

ヒルネの提案に頷き、ワーウルフを持ち上げてみる。なんとなくシルエットはワーウルフっぽいが……。

「小さい？」

「そうだな……なんか小せえ気もするし、口が小さくて耳が大きい、のか？」

なんというか、パチモン感がすげえ。海賊版《かいぞくばん》か？

「脚《あし》も二足歩行に適していないような印象を受けますね」

トウカがワーウルフの足首を指さした。

なるほどな？

犬や猫《ねこ》の足の裏っていうのは、人間でいうならば指先だけの部分に当たる。常につま先立ちしているようなもんだな。ワーウルフは犬と同じつま先立ちの骨格だ。

人間はもちろん、熊やリスなんかの二足立ちの姿勢をよくとる生き物は、足の裏がベッタリついた骨格をしている。その方が安定するからだ。逆に、つま先立ちの骨格は、立ち上がることを捨てて、俊敏《しゅんびん》性と忍《しの》び足に特化した骨格とも言える。

「こいつら、『ワーウルフ』じゃねえな。なんなら、ワーウルフというものについて、俺らは誤解していたかもしれねぇな？」

「どういうこと？」

「呼び方を分けた方がわかりやすいな。この『ワーウルフ』は、ただの変身能力がある賢い狼だ。そして、俺たちが今までワーウルフだと思っていたモンスターは、ワーウルフが変身していた別のモンスターだったってことだ。『ライカンスロープ』とでも呼ぼうか」

「ライカンスロープ……」

どっちも訳せば狼男《おおかみおとこ》だ。雰囲気での呼び分けにすぎないが、名前をつけるだけでも恐《きょう》怖《ふ》は薄《うす》れる。

「となりゃあ、コボルト連れて襲撃《しゅうげき》するのはライカンスロープの習性か？　なんでワーウルフは普段《ふだん》ライカンスロープに化けている？　そもそも狼ばっかのこのエリアは食物連鎖《れんさ》が機能してないいんじゃねぇのか？」

思わず口から思考が漏れる。周囲の皆《みな》はぶつぶつと呟《つぶや》く俺を不気味なもののように見てくるが、そんなことは気にしていられない。

「ワーウルフの行動も妙だ。同じ程度の身体能力になれるなら数で圧倒《あっとう》できるはず。まるで時間稼《かせ》ぎのような動きだったような……」

考える——が、わからん。情報が足りなすぎる。愉快《ゆかい》な気分じゃねえが、仕方がない。

「スイ、ヒルネ、トウカ。撤退すんぞ」

俺の言葉に全員が理解を示すよりも一呼吸早く。

オオオオオオオォォォォォン……。

遠吠《とおぼ》え。かつて聞いたどれよりも低く重たいそれが響《ひび》いた。一人残らず立ち上がり、武器を抜く。無駄に怯《おび》える者も硬直《こうちょく》する者もいない。流石《さすが》は地下二六層に潜《もぐ》っている者たちってところか。

スマートウォッチを確認する。現在は一七時。ダンジョン内の緯度《いど》も季節も不明だが、この階層だと、傾《かたむ》いた太陽が空の端《はし》に黄色を落とす頃合《ころあ》いだ。日暮れまでに階段に撤収《てっしゅう》したい。

「ヒルネが先頭、道案内だ。トウカはヒルネを守れ。スイがバックアップしろ。接敵したら山里のパーティーが前に出てくれ。俺は最後尾《さいこうび》だ」

山里のパーティーは、リーダーの山里がロングソード。以下四人が戦斧《せんぷ》・モーニングスター・槍《やり》・シャベルと、全員が近接系の装備になっている。

——おい待て、シャベルいたな。思想強いぞ、こいつは。

一人で下がろうとしたところ、なぜか不満そうな顔をするスイにしっしと手を振《ふ》って、先に出て行ってもらう。

「永野《ながの》、だったか？　良いのか、殿《しんがり》やってもらって」

「俺が逃《に》げやすいように、ちゃーんと前切り開けよ？　遅《おそ》かったらケツ刺《さ》すからな」

山里は肩《かた》をすくめ、建物を出た。

集落の周りは不気味なほど静かだ。風が草を撫《な》でる音が、いやに大きく聞こえる。

走らず、さりとて遅くもなく、早歩きくらいを維持しながら隊は進む。走って急に接敵したら、後ろの仲間に轢《ひ》かれちまう。

揺《ゆ》れる草の流れを見る。風に揺れる葉先は波のように動く。流れが乱れる点があれば要注意。そこには草の動きを妨《さまた》げる何かがある。

振り返った。何もいない。

嫌《いや》になるな。来ると確信している伏撃に備えているときほど、精神が削《けず》れるものはない。常に後ろを向いて歩けるわけでもないのに、前を向く数秒間に冷汗が流れた。

「警戒《けいかい》！　一時の方向、一〇〇メートル！」

言われた報告に、目を細めてじっと見れば、確かに草の流れが散り散りになっているような気もする。ただでさえ見た目に分かりづらいのに、距離《きょり》によって角度がほぼ水平になっていて、変化を見抜《みぬ》くのは至難の業《わざ》だ。

「ヒルネよくやった！　右手に草罠《くさわな》がくるように、槍を目印に動くぞ！」

上手く隠密《おんみつ》した敵を発見して奇襲《きしゅう》を防いだ。斥候《せっこう》としては最高の仕事だ！

草罠を挟《はさ》んで会敵できりゃ、突撃《とつげき》の勢いを殺せる。俺たちの目的は階段までの撤退であり、敵の殲滅《せんめつ》じゃねぇ。わざわざ正面から衝撃力《しょうげきりょく》のぶつけ合いをしてやる筋合いもない。

「ヒルネは前方と左の警戒！　俺は右と後方を警戒する！　山里のパーティーは右への対応。縦に並んでくれ。ヒルネ、トウカ、スイは左側で並んで、山里たちのカバーに動いてくれ。死角への意識は無くすなよ！」

一番後ろから声を出せるのをいいことに、好き勝手に指示を飛ばす。山里たちは良い思いをしないだろうと考えていたが、意外にも素直《すなお》に動いてくれる。

　相対的に後列に下がって来たスイが声をかけてきた。

「思ったより早い合流だったね」

「そうだな」

「単独で下がったとき、ナガは一人で戦う気なのかと思った」

「なんだそりゃ」

　スイは真っすぐに正面を見ている。俺と目線を合わせないその姿には、不思議と気高さのようなものを感じる。

「ワーウルフと乱戦になったら、私たちじゃ自分のコピーに勝てるか怪しいから……」

　俺が食い止める、お前らは先に行けってか？

「そんな自殺志願者じゃねぇよ、俺は」

　スイを助けたのだって、水が欲《ほ》しかったからだ。

　思想も信条も、一本筋の入ったものは持っちゃいねえ。非合理的なことをするために、その場凌《しの》ぎで合理的っぽい判断をしているだけだ。欲に流され、状況に流され、感情に流されて、今の俺があるんだから。

「それじゃあ、一緒に戦ってもいい？」

「当たり前だろうが、サボんな戦え」

こいつは何を言っているんだ。二五年間も会話してねぇし、今どきの子の考えなんて知らねえし、わかんねえよ。

俺の答えの何にどう思ったのか、スイは小さく笑った。

「距離五〇！　数は……いっぱい！」

「よーし、気合入れろてめぇら！」

「「おおおおおお！」」

俺たちの上げた喊声《かんせい》に、これ以上の隠密は無理だと察したか、ぞろぞろと草の中から獣《けもの》の頭が起き上がる。風景の色が、緑から黒灰色に一気に塗《ぬ》り替《か》わった。

数を数えるのも馬鹿らしい。これは「いっぱい！」だな。

「……多すぎる」

山里の呻《うめ》きが聞こえた。嫌な予感が的中しちまったか？

「移動を重視しろよ。分断されねぇように前後で声を掛《か》け合うんだ！」

一割くらいがライカンスロープってところか？

元のライカンスロープなのか、それに化けてるワーウルフなのかは知らないが、どっちでもいい。ようは、そこそこデカくてパワーのあるのが交ざってるってことだけだ。

ガキくらいの大きさのコボルトたちの中で、タッパが一八〇センチくらいあるライカンスロープはよく目立つ。

オオオォォォォォン。

遠吠え。それを合図にコボルトの群れが一気に押し寄せてくる。念のため背後と左を確認して、と。

ツヴァイハンダーを右肩《みぎかた》に載せる。ほんのりケバブの臭いがして、ちょっとだけ笑った。

「よっしゃ、戦争だオラァァァ！」

先頭のコボルトたちが草罠にかかり、つんのめる。一斉《いっせい》に俺たちの武器が振り下ろされた。

つんのめり、死体に引っ掛かり、まごつけば後続に押されて、体勢を崩しながら向かってくるコボルトをぶち殺しながら、隊列は進む。

殺し、ときには防いで受け流し、前への歩みは止めない。必然、どんどん後ろに敵が溢《あふ》れだした。

右よりも後ろに向かってツヴァイハンダーを振る機会が増えていく。思いっきり真横に振り回した剣先《けんさき》が、ライカンスロープの顎《あご》を粉砕《ふんさい》した。

全然考えてなかった。ライカンスロープを一撃《いちげき》で殺せないからって、防御《ぼうぎょ》や牽制《けんせい》だけして、どんどん後ろに流してきやがる！　最後尾の負担がエグい。上手い奴らと組むのも考えものだ！

コボルト相手に無双《むそう》ゲーだと思っていたら、強敵に囲まれるハクスラゲーみたいになってんぞ。遠心力を味方に、回転切りのようにして、周囲のライカンスロープを一気に片付けた。そのとき。

ガン、と金属を叩く大きな音がした。思わず視線をやると、宙に吹《ふ》き飛ばされた人間の姿があった。西日に照らされた全身鎧《よろい》が光を反射する。

「トウカ――!?」

ヒルネの悲鳴が聞こえた。

風景がゆっくりと流れる。無意識のうちに足が動いていた。ツヴァイハンダーから手を放し、突《つ》き出される爪牙《そうが》など受けるがままに。

加速する世界の中で、大きく手を広げ、トウカの落下地点に割《わ》り込む。全身の骨が軋《きし》むような重みと共に、トウカの体を両腕《りょううで》でしっかりと受け止めた。

お姫様抱《ひめさまだ》っこの状態でトウカの体をざっと確認《かくにん》する。両腕はへし折れ、曲がってはいけない方向に曲がっているが、頭部にも胴体にも目立つ外傷はない。ずいぶん重たい攻撃《こうげき》を盾《たて》で受けたのか？

「生きてるかい、お嬢様《じょうさま》？」

「逆に、私は生きているのですか？」

「ひとまず今は、な」

衝撃《しょうげき》で意識が半分飛んでんのか、痛みに泣きも呻きもせず、ぼんやりとした眼差《まなざ》しで、うわごとのように呟いた。生きちゃいるが戦線離脱《りだつ》ってとこか。

トウカが飛んできた方向に目をやった。全身の毛穴が広がり、どっと冷汗《ひやあせ》が噴き出す。全身の神経にびりびりと電撃《でんげき》が走ったような錯覚《さっかく》。

短剣を構えながらも腰《こし》が引けているヒルネ。それと向き合っているのは、何の変哲《へんてつ》もないライカンスロープ。だが、そいつが視界に入っただけで、脳の中で激しく警鐘《けいしょう》が鳴る。

目を離《はな》さないようにしつつ、トウカを地面にゆっくりと横たえた。

「……誰《だれ》か、武器を」

すかさずシャベルマンがツヴァイハンダーを拾ってきてくれた。

「山里、ちょっと円陣《えんじん》でトウカ守っててくんねぇか？」

「おう」

倒れたトウカを守るように陣形《じんけい》が動いていく。ありがてえな。

「ヒルネ、下がって円陣に加われ」

いる。

俺はヒルネを庇うように前に出た。

「――で、お前はなんなんだ？」

ツヴァイハンダーを片手で持ち、その切っ先を狼男《おおかみおとこ》に向ける。

狼の口がにんまりと吊《つ》り上がった。まるで面白《おもしろ》いものを見るような目つきを俺に向けて

「人間ごときが、その無礼。同じ世界樹の仔で無ければ許されんぞ」

低く、それでいてやけに通る声だった。オペラのバリトン歌手のような、威厳《いげん》と深みを感じる声が、目の前のモンスターの口から出た。

いや、驚《おどろ》くことでもねえな。ワーウルフだって人間に化けて会話する知性はあるし、アンデッドだって魔法《まほう》言語を扱《あつか》う。人語を解するモンスターは、別に何も不思議じゃない。

「世界樹の仔ってのは、みんな仲良し地球の命って感じのアレか？」

「何を言っているんだ？」

違《ちが》うらしい。バカにするような顔をされた。

「貴様も感じただろう、余を目にしたときに強烈《きょうれつ》な痺《しび》れを」

「ああん？　それが何だってんだよ」

偉《えら》そうな態度をしていやがる。殺してやりたいし、さっさと殺せばいいんだが、大事な

情報を語ろうとしている気がする。

「喰《く》えと。喰えば強く成れると、体に植え付けられた世界樹の苗《なえ》がそう言っているのだ」

踏《ふ》み込んできた狼男が、短剣のような長さの爪を振り下ろした。ツヴァイハンダーで受ける――重いッ⁉

ぐっと沈《しず》んだ体に力を込めて、ゆっくりと押し返す。

「植え付けられた……あーね？　なるほどな？」

俺の全身の神経に絡《から》みつく寄生虫のことかよ。どこで口にしちまったか知らないが、世界樹とやらに寄生されてんのが、世界樹の仔ってことか。

空いたもう片手で打ち込まれる貫《つらぬ》き手。そいつをぐるりと回した剣《けん》の柄で受け止める。

突き飛ばされるように、俺はよろよろと下がらされた。

「狼連中でお前だけやたらと力が強いのも、その世界樹とやらのおかげってか？」

ツヴァイハンダーを槍のように持ち、コンパクトに突く。狼男は涼《すず》しい顔で、首を傾《かし》げるだけで躱《かわ》した。

「少量とはいえ、貴様自身も身に覚えがあるだろう？」

あるな。

漫画《まんが》やゲームの主人公みたいな強さではないが、体の割に力が強くなっているとは思っていた。自分の身《み》の丈《たけ》よりも長いツヴァイハンダーを振り回せているのも、きっとそういうことなんだろ。

接近からの垂直への蹴《け》り上げが来る。横にステップで躱すが、袈裟懸《けさが》けのように、斜《なな》めに踵《かかと》が振り下ろされる。スウェーで避《さ》けるが、胸元《むなもと》に小さな裂傷《れっしょう》を負った。狼だけあって、狼爪《おおかみつめ》――手足の付け根の爪――が生えてやがる。

反撃《はんげき》に狼男の軸足《じくあし》に放ったローキックは、電柱でも蹴ったかのように硬く、微動《びどう》だにしない。

「ワーウルフ達《たち》のコピーにお前のようなパワーがねえのは、世界樹の影響《えいきょう》か？」

「複数の命に変身できるのであれば、単身で群れを作れるではないか」

「逆説で否定みたいな面倒《めんどう》くせぇ喋《しゃべ》り方《かた》すんな、平安貴族かよ」

いずくんぞ、なんちゃら、あらんや。じゃねぇんだわ。知らねぇしダリィわ。

蹴り足を引き戻《もど》す勢いで、体をぐるりと回してツヴァイハンダーを叩きつけた。が、これまで圧倒的《あっとうてき》な破壊力《はかいりょく》を誇《ほこ》って来たこの大剣《たいけん》が、両手の爪でがっしりと受け止められる。

ぎりぎりと押し合う。

ダメだ、マジでパワー負けしてる。壁《かべ》を押しているようだ。相手の方が屈強《くっきょう》で、相手の方が素早《すばや》く、相手の方が小回りが効き、相手の方が打たれ強い。体のスペックが違い過ぎる。

再度弾《はじ》き飛ばされた。ノックバックした俺に、追撃《ついげき》の貫き手が迫《せま》る。なんとか剣の腹で受けるが、押し倒されるように転がされた。腹にずっしりとした重み。完全にマウントポジションを取られた。

頬《ほお》を草が撫ぜる。ああ。これだよ。不快な、不利な。地面の感触《かんしょく》。命を直接触《さわ》られているような、首裏の冷たさだ。

「世界樹の苗をたくさん食ったから、そんなタフガイになったのか?」

「世界樹の苗は大いなる力を齎《もたら》してくれる」

「そうかい」

俺は狼男の両腕を掴《つか》む。刃物《はもの》の塊《かたまり》のようなそれを自分の顔に近づけ——掌《てのひら》に咬《か》みついた。

——じゃあ、喰ってやるよ。お前の中の世界樹の苗を。

歯を立てた瞬間《しゅんかん》、自分の顎にかつてないほど力がかかった。ごわごわとした毛を押しのけ、ぞぶりと肉に突き刺さる。パキパキと細い骨を砕《くだ》く感触。

首を振り、肉を引きちぎった。口の中に広がる、強烈な鉄と獣の臭い。

くせえし、キモいな。病気になりそうだ。

右手の小指付け根あたりを食いちぎられた狼男が吼《ほ》える。

口内に入った肉片から這《は》い出た細長い何かを飲み下して、残った肉片を吐《は》き捨てた。マジで寄生虫飲んでるみたいで、最悪な気分だわ。つーか、世界樹の苗以外に、普通の寄生虫も飲んでそう。

「おーえ。よお、食レポ聞きたいか？」

「随分《ずいぶん》と死にたいようだ」

俺《おれ》に腕《うで》を握《にぎ》られたまま、力ずくで爪を押し込んでくる。不意をついて多少喰いちぎったところで、マウントをとられていることに変わりはない。

鋭《するど》い爪の先が、俺の首の皮にぷつりぷつりと穴をあけていく。ぴたり、その動きが止まった。

ドンッ。

急に視線を逸《そ》らした狼の頭が、爆炎《ばくえん》に包まれた。力が緩《ゆる》んだ隙《すき》に、体を捩《ね》じるようにして、狼男を横に転がす。急いで立ち上がり、ツヴァイハンダーを拾った。

「ナガ！　生きてる⁉」

こちらに左手を向けたままのスイ。お前、最高だよ。ピンチの度に何かしてくれるじゃねえか！

型もなにもなく、力任せにツヴァイハンダーを振る。咄嗟《とっさ》に腕《うで》で受けた狼男の、右腕の肘《ひじ》から先がくるくると飛んだ。

相手が怯《ひる》んだらもう一発ぶち込め。誰しもが小学校で習うことだ。

「そっちはいいのか？」

「みんな頑張《がんば》ってる。たぶん大丈夫《だいじょうぶ》だよ」

「そうか」

こちらに来るスイが、通り抜《ぬ》けざまにコボルト三匹を斬《き》り捨てた。

俺は斬り飛ばした腕を拾い、鮮《あざ》やかな血を流す断面に口をつける。再び、世界樹の苗ってやつを飲み下した。

「ナガ、それ大丈夫なやつ？」

「たぶんだが、絶対にダメなやつだな」

「ええ……」

狼男は怒《いか》りに顔を歪《ゆが》め、犬歯を剥き出しにして唸《うな》る。

「二対一だぜ。諦《あきら》めてお縄につけ、お前は包囲されている。お母ちゃんも泣いてるぞ」

「舐めた真似《まね》をしてくれる。勝った気になるのはまだ早いぞ？」

狼男の姿がぐにゃりと歪む。変身能力あんのかよ！

させまいと斬りかかるが、甲高《かんだか》い金属音とともに弾《はじ》き返された。

「──うそ」

スイが呟く。

そこに立っていたのは、ツヴァイハンダーを構えた俺だった。俺の姿になった狼男が、興味深そうに手に持つツヴァイハンダーを眺《なが》めながら言う。

「ほう、人間の手というのは、まるで武器を扱うために生まれたような形だな」

「こちとら棒きれ握りしめて一〇万年だからな。入った年季が違ぇんだわ」

変身で怪我《けが》がなかったことになるの、ズルすぎるだろ。それに俺自身の姿なんて、一番喰いづらいぞ。

「さっきから人間を見下すようなこと言ってたけど、人間の姿になるなんてプライドないの？」

「ない」

狼男は堂々と言い切った。

「人狼《じんろう》の一族を束ね、地上に出る。それを成す為《ため》ならば、プライドなど要《い》らぬ」

狼男は頭上でゆっくりとツヴァイハンダーを回し始めた。俺も逆回転で回し始める。

目に映る感情は、悲哀《ひあい》か？

「不毛の地に縛《しば》り付けられ、その日の糧《かて》を得るためにより深き地に潜る日々。深き地に潜れば潜るほど、世界樹の仔という人狼の天敵は数を増す。飢《う》えた者が人間にバラバラと挑《いど》んでは命を落とす。以前はもっといたのが、今では数種しか残っていない！」

最大の速度を得た一閃《いっせん》に、全く同じものをぶつける。激しく火花が散り、お互《たが》いに一歩下がった。斬りかかったスイを易々《やすやす》と弾き飛ばしながら、人狼が吼える。

「余が！　地上に！　人狼の未来を築く！」

俺の顔で、ジョー・ファレルの歌みたいなこと言ってんじゃねえよ。だいたいな。

「てめえらの都合なんて知らねえんだよ!!」

俺とスイの二人がかりで斬り込むが、木刀のようにツヴァイハンダーを軽々操《あやつ》る人狼に、なかなか決定打が入らない。さりとてこちらもお互いの隙をカバーし合えるため、ノックバックしても致命的《ちめいてき》な一撃を貰うことがない。

心身をヤスリにかけるような千日手だ。

「人狼が飢えていようが苦しんでいようが、俺には関係ねえんだよ。ばーか滅《ほろ》びろ人狼種！」

互いに放った突きが、互いの肩を削る。相手の方が引き戻しが早い。風のような速さで放たれる追撃を、スイの細剣が跳《は》ね上げた。

がら空きのスイの胴《どう》に飛んでくる蹴りを、一歩踏み込んで俺が受ける。

喉の奥からこみ上げる血の塊を、狼男に吹きかければ、不快そうな顔でバックステップした。

とん。

その音は、あまりに小さかった。だが、狼男の体はびくりと大きく揺れた。

大柄《おおがら》な体の陰《かげ》に、小さな少女の姿。腰だめにした短剣《たんけん》を、体当たりの要領で、狼男の背中に刺している。戦いでも暗殺でもなく、まさに殺人といった絵面だった。

狼男の目が大きく見開かれ、ゆっくりと己《おのれ》を刺した相手の姿を捉《とら》える。振り払《はら》うような裏拳《うらけん》が、ヒルネの顔面にぶち当たる。交通事故のように跳ね飛ばされた小さな体が、仰向《あおむ》けに倒《たお》れた。

「ヒルネ、お前は最高だな」

完全に意識を逸らされていた狼男の腹に、ツヴァイハンダーが根本まで突き刺さった。

狼男の口から溢れだした血が、無精髭《ぶしょうひげ》を真っ赤に濡《ぬ》らす。

串刺《くしざ》しにされた狼男の手から武器が落ちた。瞳孔《どうこう》が揺れ、それからにんまりと笑《え》みを浮《う》かべる。

「そうか。貴様の血は、こんな味か」

「どうだ、美味《うま》いかよ」

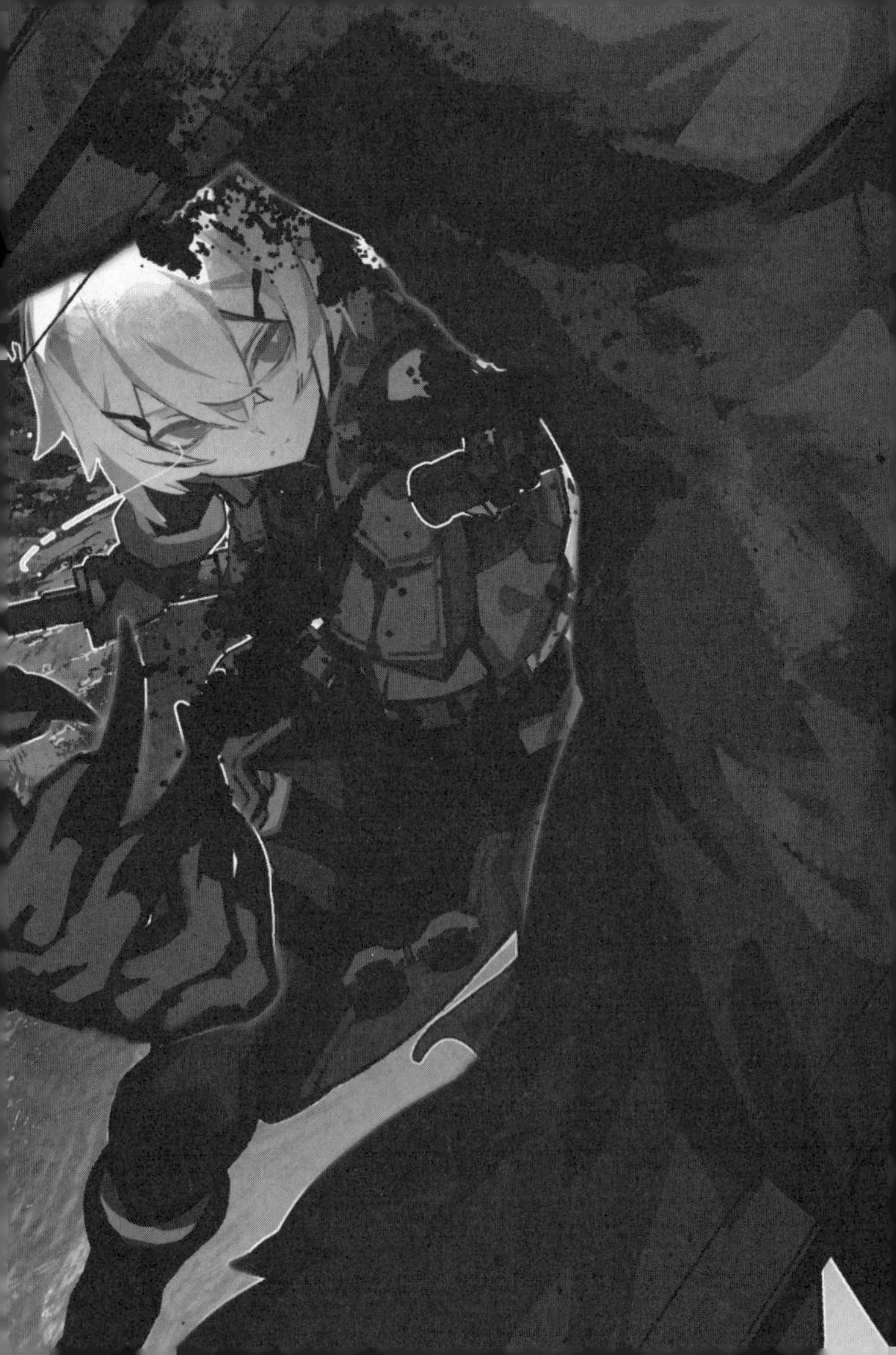

「悪くない」

「そいつは期待しちまうな」

息を吸う音すら聞こえる至近距離で、互いに武器が使えない俺たち。考えることは同じだった。

ぞぶり。と。互いの歯が、肩の肉を抉《えぐ》り合った。いってぇな、おい。

散々色んな命を食ってきた俺だが、それでも食われることに慣れちゃいない。

口に入った肉片を飲み下し、吼える。

「らぁぁぁぁぁぁッ!!」

全力の頭《ず》突《つ》き。狼男は仰《の》け反《ぞ》った。その顔面を一発、二発、三発とぶん殴《なぐ》る。返しの右ストレートをもろに食《く》らい、視界にチカチカと白い光が瞬《まばた》いた。

「ははは、狼への理解の欠片《かけら》もない癖《くせ》に、動きはまるで獣のそれだ」

腹に馬鹿みたいにデカい剣が刺さっているくせに、狼男は笑う。

「同類だってか?」

「まさしく同類だ。どうだ、頭を垂れて詫《わ》びるのであれば、我らの末席には加えてやるぞ」

「見えてる泥船《どろぶね》にはカチカチ山の狸《たぬき》でさえ乗らねえよ」

狼男に刺さるツヴァイハンダーをずるりと引き抜く。刀身の中ほどは刃《やいば》が潰《つぶ》されているせいで、刺したまま切り裂《さ》くことができない。

零《こぼ》れ落ちた内臓など意に介《かい》さぬ様子で、狼男は横合いから飛んできた火の玉を掌で受け止めた。

「残念だ。次はこのような小勢ではなく、より大きな戦場で相見《あいまみ》えることとしよう」

「次なんてねぇよ」

振り抜く切っ先は、首を刎《は》ねる軌道《きどう》。完璧《かんぺき》な一閃は、しかし、空を切るだけに終わった。

変身を解いたのか。四つ足の狼が、くるりと体の向きを変えて走り去っていく。

オオオオォォォォン……。

オオォォォォォォン……。

逃げる狼男の吠《ほ》え声に呼応するように、あちらこちらから遠吠えが響き、ライカンスロープやコボルトたちが波のように引いていく。

現れるときの粘《ねば》つくような空気とは違い、去るときはあまりにもあっさりとしていた。

残されたのはなぎ倒された草原、コボルトたちの死体、そして疲労困憊《ひろうこんぱい》した仲間たち。

今回ばかりは俺も疲《つか》れた。ツヴァイハンダーを引きずりながら、倒れているヒルネのところに向かう。

「やるじゃねえか」

「あ～～～」

仰向けのまま変な声を出している。生きてはいるようだ。

「壊《こわ》れたか？」

「どどどおぐにぢが」

「何言ってんだお前」

狼男の方が人間語上手《うま》いぞ。

「喉の奥に血が？」

スイがしゃがんでヒルネの顔を覗《のぞ》き込《こ》む。ヒルネはこくりと首を動かした。

「よくわかったな」

「なんとなくね。喉に血って、仰向けだからじゃない？」

ヒルネがぴょこりと体を起こすと、鼻血がつーっと垂れた。

「あ、なおりましたー！」

「お前、馬鹿だろ」

顔面に強烈なのを貰《もら》った割には元気そうだ。鼻折れて変な顔になっていたりもしない。

美人の鼻骨折《びこっせつ》は見れたもんじゃないからな。昔は深夜の歌舞伎町《かぶきちょう》を歩けば、ホストに殴られて鼻からプロテーゼ飛び出してる子とかいたもんだ。それはちょっと違うか。

「で、お嬢様はどうなってるやら」

「一番重傷《じゅうしょう》なのはナガさんですよ。私の前に、ご自身の心配をなさってください」

覚束《おぼつか》ない足取りで、トウカがこちらに向かってくる。両腕には添え木《そぎ》がされており、顔は真っ赤だ。

「おう、歩けるのか。骨折で熱出てんな、顔赤いぞ」

おでこに手を当てるまでもない。

「ナガさんはそれどころじゃないでしょう」

と、言われても頑《かたく》なに自分の傷口は見ない。こういうのって、ちゃんと認識《にんしき》した瞬間にアホみたいに痛くなるんだよな。

「あれ？　傷ふさがってない？」

「お、マジ？」

背伸《せの》びをして俺の肩口《かたぐち》を覗くスイ。戦闘後《せんとうご》ってのに良い匂《にお》いがするな？

しっかし、そんなレベルの負傷じゃなかった気がするんだが。意を決して傷口を見た。

「なんだこれ⁉」

一瞬《いっしゅん》バカみたいにゴツいカサブタかと思ったが、よくよく見ると、細い草の根のようなものが、傷を覆《おお》うようにビッシリと絡んでいる。キモすぎてびっくりしたわ！

「もしかして俺、人間やめた？」

「もとからやめてたけど、方向性変わってきたね」

　みんなもドン引きだ。

　これが世界樹の苗ってやつなのか？　名前の割に神聖さとかミリも感じねえし、寄生虫みたいな生態してるし、ほんとロクでもねぇな。いったいどこで寄生されたのやら。

「たまには日の光にあてたりした方がいいのか……？」

「心配するところ、間違《まちが》ってない？」

　それもそうだ。なんで寄生虫の健康を気にしなきゃいけないんだ。

「その、なんていうか。本当に大丈夫、ですか？」

　ヒルネが気遣《きづか》うような表情を見せた。トウカは聞いていないが、スイとヒルネは狼男とのやり取りを知っているんだもんな。

「正直わかんねぇな」

「そんなぁ」

　泣きそうな顔すんな。まだ出会ってから日も浅いだろうが。

　勝手に他の生き物の体に棲《す》みついて、生物種としての枠《わく》を超《こ》えた力を発揮させる。そんなものが良いわけがない。なんて思いはするが、俺が世界樹の苗とやらに寄生されていなければ、今回のヤマはキツかったのも事実。

人間もモンスターも強化する世界樹の苗。モンスター同士の世界のダンジョンで、生態系に大きな変化が起きていること。知性のあるモンスターが地上を目指していること。

どれだけ広大かわからないこの階層のモンスターが一個の軍に纏《まと》め上げられたら、どれだけの規模になるのか。

考えなければいけないことが多すぎる。そして、そのどれもが俺たちだけの手には余る。探索者《たんさくしゃ》ライフが始まったばかりなのに、随分と大きなトラブルに巻き込まれちまったな。

「山里ォ！」

「はいはい、聞こえてるぞ」

「全員無事か？」

「細かい傷は幾《いく》つもあるが、デカい負傷はそっちのヒーラーちゃんが治してくれたぞ」

俺に自分の心配をしろと言う割に、自分の怪我を押《お》して他人の治療《ちりょう》をしてるんじゃねぇか。

「うちの子に無茶《むちゃ》させせんな。殺すぞ」

「流石に理不尽《りふじん》だろ！」

何はともあれ、俺たちは全員無事で生き残ったようだ。妙《みょう》な結束感が生まれたような気がして、俺たちは笑った。

：笑うと歯が真っ赤でこわひ……

：ゴブリンさん同士の共食い怖すぎた

：家の近くにダンジョンの入り口あるから、今すげえ不安

：ゴブリンさんの体大丈夫か？

：理不尽で草

：これ、勝ったってことでええんか？

終わったと判断したドローンが近づいてくる。今となっては見慣れた、戦闘の決着を告げる景色だ。

「帰ろう、地上に」

スイの言葉に、全員が頷《うなず》いた。

探索者速報（17255）
ゴブリンさん（26）
【悲報】ドラゴンさん、ケバブにされる【飯テロ注意】

1.ラプトルは名無し
（画像）生前の姿
（画像）調理後の姿

2.ラプトルは名無し
戦闘実況スレ盛り上がりすぎて流れ早いからこっちきた

3.ラプトルは名無し
ツヴァイハンダーの扱いよ

4.ラプトルは名無し
妙に旨そうなのが腹立つわ

5.ラプトルは名無し
配信の視聴者数えぐいことになってるね
同接２０００超えたか
なお本人は一切意識していない模様

6.ラプトルは名無し
スイトウカヒルネのスレは変なもの食わせるなって悲鳴あげてるぞ

7.ラプトルは名無し

ワイの昼飯のウインナー２本だけ載せご飯が惨めでしょうがねえよ

8.ラプトルは名無し
２本とか貴族か？　塩と七味ぱっぱだけやぞ

9.ラプトルは名無し
ここで貧乏自慢すんなよ。お前らも食いたければダンジョン潜ってラプトル倒せばいいだろ

10.ラプトルは名無し
ういんなーおいちい！
ぼくこれでいいや！

11.ラプトルは名無し
投げ銭したのに煽られて、しかもそのあと無視されてる鬼翔院のお嬢がイライラコメント投げてんのほんま草
（画像）

12.ラプトルは名無し
ゴブリンさん「アナグマは旨かったはず……」（独り言ブツブツ）
お嬢コメ「熊？？？？？？？」
wwwwwwwwww

13.ラプトルは名無し
地雷が敏感すぎるんよ

14.ラプトルは名無し
>9ワイ現役の探索者、あれと戦えと言われたら走って逃げだすわ

15.ラプトルは名無し
>14ボス戦やるのは上澄みだからしゃーない
つーかゴブリンさんがタフすぎる

～～～

88.ラプトルは名無し
ゴブリンさんの配信、地味に有用な情報出てくるんだよな

89.ラプトルは名無し
鬼翔院柚子が見てるくらいだから、上位の探索者も注目してるのかな

90.ラプトルは名無し
ワイ現役の探索者、罠設置とかは上の階層でも役に立ちそう。というか、どっちかというと拠点設営とかの応用みたいなところあるよな

91.ラプトルは名無し
命令口調でヒルネちゃん連れまわすの本当にやめて欲しい。本人も嫌がってるだろ

92.ラプトルは名無し
>91ラプトルのフリしてガチ恋処が紛れ込んできたな？

93.ラプトルは名無し
今回のでも湧くんだな。ゴブリンさんと恋愛とか無さそうすぎるだろ

94.ラプトルは名無し
>93正直、それで安心して見れてるとこはある

95.ラプトルは名無し
ワーウルフとかコボルトってどこで服とか装備調達してるんだろうな

96.ラプトルは名無し
それで言ったら、ダンジョン内で発生する物資の全てが説明不可能だろ

97.ラプトルは名無し
>91イギリス軍がゴブリンの都市を発見したってニュースあったよな

98.ラプトルは名無し
調査まったく進んでないけどな。都市の制圧は空爆アリでも難しいのに、ダンジョン内だと軍でも手が出せん

99.ラプトルは名無し

>90ワイ現役の斥候、ゴブリンさんに弟子入りしたい……

100.ラプトルは名無し
>99理不尽に殴られて泣いて辞めそう

～～～

170.ラプトルは名無し
ヒルネちゃん……

171.ラプトルは名無し
あっあっ
ふう……
なんて可哀想なことをするんだ!!

172.ラプトルは名無し
>171スッキリしてんじゃねーよ！

173.ラプトルは名無し
ゴブリンさんの処刑のためらいなさにちょっと引いた

174.ラプトルは名無し
なんか他の探索者と違って血なまぐさいんだよな
女の子３人いてなお拭いきれない絵面の悪さ

～～～

222.ラプトルは名無し
山里おおおおおおお！

223.ラプトルは名無し
ワーウルフは流石に食えんて

224.ラプトルは名無し
お前たちが目にしているのは、エルフを食った男だ

225.ラプトルは名無し
いつかこいつ人間食うし、人間食わせるだろ

226.ラプトルは名無し
もしかして：ゴブリン（原典）よりも野蛮なんじゃ……

227.ラプトルは名無し
配信コメントくっそ荒れてるのに、ゴブリンさん本人が一切見ないの笑える

228.ラプトルは名無し
配信してるって意識が本当に薄いわ
アンチスレとかも見ないだろうし、ある意味で最強の配信者になってる

229.ラプトルは名無し
ドラゴンケバブはあんなに美味そうだったのになぁ

～～～

445.ラプトルは名無し
えーと、何から話せばいいんだ？

446.ラプトルは名無し
衝撃的な展開が多すぎるっぴねぇ

447.ラプトルは名無し
しばらくダンジョン潜るの控えようかな

448.ラプトルは名無し
命大事に
世界樹の苗がくっそ気になる。なにあれ、チートアイテム的な？

449.ラプトルは名無し
寄生生物は生き物の行動を変化させることもあるからな。ゴブリンさんが心配だわ

450.ラプトルは名無し
はっ！
人狼よりも野蛮な理由はそれだったりして……!?

451.ラプトルは名無し
>450因果関係が逆なのよ。モンスターと食い合うくらい野蛮だからやどりぎのたねついてるんだろ

地下二三層と二四層の間の階段まで、大所帯だからこその数の暴力で強行突破《とっぱ》した。誰《だれ》もが激しい連戦に疲れ切っていたのだろう。キャンプの用意をすると、それぞれがテントに潜り込んで、すぐにいびきをかいて寝《ね》始めた。

太めの木材で組まれた焚火《たきび》が、時折バチッと弾ける。煙《けむり》が組まれたバリケードを通り抜け、ゆっくりと階段を上がっていった。

「ナガ、寝ないの？」

「もう少しすれば寝るさ」

意味もなく、バールを火搔《か》き棒代わりに焚火をつつく。

「悩《なや》み事《ごと》？」

隣《となり》に人が座《すわ》る気配がした。

「悩み事っちゃ悩み事だな。別にセンチメンタルな気分になってるわけじゃねぇが」

燃え上がる炎《ほのお》に細い薪《まき》を放《ほう》り込めば、すぐに燃え上がり、ぐにゃりと反り返った。

「ただ、今が機会なのかもしれねぇな。スイ。お前、しばらくダンジョンに潜るな」

狼男《おおかみおとこ》と戦ってから、考えていた。

ダンジョンの入り口が生まれてからの歴史は短い。だが、狼男の口ぶりからして、ダンジョン内という世界はずっと昔から存在している。ぽっと発生したものじゃない。

なぜ、俺《おれ》たちの世界は繋《つな》がったのか。ダンジョンの上層の方が易しい環境《かんきょう》で、潜るほどにモンスターが強くなるのはなぜなのか。世界樹の苗もそうだ。

ダンジョンは不可解に包まれているというのに、命の奪《うば》い合いに関してだけは、あまりにも都合がいい。まるで神様が「殺し合え」と言っているかのようだ。

「それは、私が力不足だから？」

「戦闘力《せんとうりょく》って話なら十分だろ。そうじゃねえ」

「じゃあ、なに？」

「これからのダンジョンは、もう楽しい冒険《ぼうけん》の場じゃねえ。人狼との戦いもそうだし、世界樹だのなんだの、キナくせえんだよ。真っ当な人間が潜る場所じゃなくなる」

肌《はだ》感覚でしかない。根拠《こんきょ》に欠けるし、勝手なことを言っている自覚はある。だが、近い将来のダンジョンは、もっと命が軽くなる。そんな気がすんだよ。

「心配してくれてるの？」

「違《ちが》う。もったいねえんだよ。お前らみたいなちゃんとした人間が、立派な理由を持ってダンジョンに潜る。それが、なんか違ぇんだ」

俺はこんなときにまでカメラを回しているドローンを軽く睨《にら》んだ。

配信があって、キラキラした人気商売になっちゃいるがよ……殺し合いのショーなんつーのは、元は奴隷《どれい》の仕事だろうが。

いうなれば、俺は今の日本社会において新参者だ。だからこそ、あるものをあるがままに認識していた。だが、そうも言えなくなってきた。

剣《けん》を手にモンスター相手に立ち回り、未知の世界を切り拓《ひら》いて、地上に帰れば人気者。夢のある話だ。――だが、そんな夢物語に、あんな狼男との殺し合いはあったのか？

「ヒルネがよ、狼男を刺《さ》しただろ」

「……うん」

「最高だったな。あの一撃《いちげき》がなけりゃ、俺たちジリ貧《ひん》だったかもな」

「そうだね」

「斥候の身軽さを活《い》かした、最高の攻撃《こうげき》だった。小さな刺し傷《きず》なのに、戦局を変えたな」

「うん」

「あれ、見てて気持ちのいいモンだったか？」

スイは口を閉ざした。

そうだよな。あれは戦闘でも狩《か》りでもない。これ以上なく「殺し合い」を意識させるものだった。外側から眺《なが》めている視聴者たちには、この感覚は伝わらないかもしれない。けれど、現場で対面していたスイにはわかっているはずだ。

皮肉にも、スイに殺しを意識させたのは、敵ではなくてヒルネだったんだと思う。一緒《いっしょ》に頑張《がんば》って来た同年代の女の子がした動きだからこそ、我《わ》が事として突《つ》き刺さる。

「これからはああいうことも増える、んじゃねえかなと思う。こういうことをするのは、もう暴力でしか生きていけない人間だけでいいじゃねえか」

細い薪は炎の中に崩《くず》れ、どこにあったのかももう分からない。

スイが俺の手元に積んである薪に手を伸《の》ばした。細い薪を三本まとめて手にとり、炎に投《な》げ込む。

「ナガ、面白《おもしろ》くないよ。大人みたいなこと言うじゃん」

「めちゃくちゃ大人だろうが」

横を向き……思わず息をのんだ。真っすぐな、澄《す》んだ瞳《ひとみ》だ。初めてスイと目があったような錯覚《さっかく》さえ覚えた。

「一緒に戦っていい？　って聞いたよ。ナガは『当たり前だろうが、サボんな戦え』って言った」

「それは…………いや、言った。確かに言ったな」

それとこれは違う、そんな言葉は嚙《か》み砕《くだ》いて飲み下す。そんなもん口から出したら、それこそガキにとっての『大人みたい』じゃねえか。

「ナガってさ、ちょいちょい怪我《けが》するよね」

「まあな」

「あと、ちょいちょい追い込まれるよね」

「別に戦闘力に特化してるわけじゃないからな」

「なのに、前に前に出て他の人を庇《かば》うような戦い方をする。トウカが言ってたみたいに、自分の心配ができてない」

「おいおい、俺の心配をしてくれてんのか？」

「してる。私の言葉で混ぜっ返さないで」

強い言葉に、今度は俺が口を閉ざした。文章として形をなさない言葉たちが、脳の表面を上滑《うわすべ》りしていく。

「ナガは見た目はヤバいし、言葉も荒《あら》いし、やってることもヤバいし、妙なもの食べるし、変なのに寄生されてるけど、それでもいい人だって思ってるし、感謝もしてる。少しでもナガの助けになるなら、私はもっとナガと一緒に戦いたい」

「俺は……別にいい人間じゃねえよ」

流されやすいだけだ。

周りに流されて進学し、就活に失敗したら非正規雇用《こよう》を渡《わた》り歩き、周りに流されてるうちに立派な荒くれ者の出来上がり。ダンジョンの環境に慣れれば野蛮人《やばんじん》に仕上がって。今は単に、年下との状況《じょうきょう》に流されて、保護者っぽくなっているだけだ。俺自身の善性なんてねえんだよ。そもそも性根《しょうこん》の部分に芯《しん》なんてねえんだから。

「ナガに命を救われてる。逆に、私だってナガの命を救ったと思う」

「ああ。助けられちゃいるよ」

否定できねえことを持ち出すなよ。

「これからだって、それでいいでしょ」

「俺の話、聞いてたか？」

「聞いてたよ。面白くないって。ヒルネとトウカがどうかは知らないけど、これからあんな戦いが増えるならなおさら、私はナガに一人で戦って欲しくない」

ほんのりと、狂気《きょうき》すら感じるような声色《こわいろ》に、俺は溜息《ためいき》をついた。いや、溜息をつくことしかできなかった。

「そうかよ」

ほら、また流された。

弱いから邪魔《じゃま》だ、とでも言えればよかったんだろうか。突き放《はな》すべきだったのかもしれないのに。三〇ほど年下の子の言葉に、こんなことしか返せない。

手慰《てなぐさ》みに放り込まれた細い薪たちは、後先なんて知らない様子で、強く燃《も》え盛《さか》っていた。

◇

「昨日何かありましたか？」

「めっちゃ色々あっただろ」

集団の最後尾《さいこうび》をトウカと一緒にのんびり歩く。

折れていた腕《うで》は魔《ま》法《ほう》で繰《く》り返し治癒《ちゆ》していたおかげでほぼ治っているようだが、衝撃《しょうげき》でまたぽっきりいかないよう、戦闘から外されている。

「あ、いえそうではなくてですね。今朝からコメントが荒れているようでして」

「ほー」

あれかね。昨日スイと突っ込んだ会話をしていたから、嫉妬《しっと》するのが出てきたか？

「昨日、人の言葉を話す狼男がいただろ。それ関係でな——」

離《はな》れた場所にいたトウカに、昨日の戦闘の様子と、スイとのやりとりのあらましを伝える。

「なるほど、そういうことでしたか。私も早く怪我を治さなければいけませんね」

「おいおい、お前も戦う気かよ？」

「あ、別に私はナガさんと肩《かた》を並べて戦いたいとか、そういう理由ではございませんよ。単純に、ナガさんと一緒に行動するのが、ダンジョンや魔法の真理に一番早く辿《たど》り着けそうだと思っただけです。場合によっては、私にも世界樹の苗が必要かもしれませんし」

トウカは聖女のような穏《おだ》やかな顔で、にっこりと笑った。もしかすると、こいつが一番覚悟《かくご》ガンギマリのヤバい女だったかもしれねえ。

「ですが、今後は戦い方を変えなければいけないかもしれませんね」

トウカは自分の腕を見ながら言った。全身鎧《よろい》だった武装は、肩から前腕《ぜんわん》まで一体のパーツが外されている。腕を折られた際に、関節周りのパーツがひしゃげてしまったからだ。

「体格も膂力《りょりょく》も体重も足りてねえからな。敵の火力が上がってきたら、そりゃだんだんとキツくなる」

「痛感いたしました。不本意ですが、強化外骨格を導入いたします」

ええ、マジかよ。魔法《まほう》技術を修めるために、ここで現代技術持ち出してくんのかよ。いいのか、それで。ヒーラーらしく後衛に下がるとか、なんかこう魔法パワー系で強化とか、普通《ふつう》はそういうルートだろ。

「家に連絡《れんらく》を入れておきました。次にダンジョンアタックするときには用意できているか

と思います」

「やっぱ金持ちのお嬢様《じょうさま》か。家族や両親は娘《むすめ》がダンジョンに潜るのを反対してねえのか？」

「もちろん反対していますよ」

「押し切ったのか？」

「ええ。押し切った、とも言えるでしょうね」

絶対拳《こぶし》で説得しただろ。なんか言い方に闇《やみ》を感じるぞ。

「私、昔から我儘《わがまま》なのですよ」

トウカは口元に手を当て、ふふふと上品に笑った。

おー、怖い。年下の女の子の我儘ってもっと可愛《かわい》らしい雰囲気《ふんいき》だと思っていたんだがな。

「なんか楽しそうですねー」

前列からするりと抜《ぬ》け出して、ヒルネが俺たちのところまで下がって来た。昨日の疲《つか》れなんて感じさせない、軽い身のこなしだ。

「スイから聞きましたけど、私も抜ける気はないですよー」

俺は溜息とともに、頭をがりがりと掻いた。こいつら、揃《そろ》いも揃って。

「次は鼻血じゃ済まねえぞ」

「怖くて逃げるのはカッコ悪いんでー」

そういえばこいつは、シンプルな憧《あこが》れで探索者やってるんだったな。なんか暗殺者みたいな方向性は良いのか、とか言いたいこともあるが。

「お前ら、強情《ごうじょう》だな」

「うへへへ」

褒《ほ》めてねぇよ。

そんなことを話しながら、適当に前に出て雑魚《ざこ》を蹴散《けち》らしたり、山里に押し付けたりしながら、俺たちは地上まで一気に突き進《すす》んだ。ついに到達《とうたつ》した地上への出入り口は、ヒルネや山里らが入るのに使った、関東ダンジョン多摩《たま》エリア井の頭公園入口だった。

井の頭公園はこの出入り口のせいで、池をすべて埋《う》め立てられ、かつての姿を完全に失っているらしい。大がかりなダンジョンの入り口施設《しせつ》として建物で囲われ、協会の窓口や病院なども置かれているそうだ。

階段の上から漏《も》れる光に向かって、俺を先頭にぞろぞろと上がっていく。

この前見たばかりの景色と同じなのに、不思議と感傷はなかった。そっと視線を後ろにやれば、さも当たり前といった顔でついてくる仲間たちがいる。

数えられるほどの日数で俺も変わったのかもしれない。

ゲートをくぐった瞬間《しゅんかん》。一気に浴びせられる大量の音と光に、思わずツヴァイハンダーに手が伸びる。

わあぁぁぁぁぁぁぁぁぁ!!

個々の声が潰《つぶ》されひとつの音の塊《かたまり》になった、大歓声《だいかんせい》。取り囲む群衆と、巨大《きょだい》なレンズを備えたドローン。そう認識《にんしき》できたのは、強い光が収まってからだ。

思わず耳を両手で覆《おお》う。情報量の暴力が、戦闘《せんとう》を通して敏感になった五感に津波のように押し寄せてきやがる。

人の群れの中から、蓮《れん》と康太《こうた》が飛び出してきた。

「ナガさん！」

「おうおう、お迎《むか》えご苦労。で、なんだこりゃ？　スイのファンか？　それとも山里のアンチか？」

「そんなにアンチいねーよ」

ファンもいなそうな山里がむくれる。可愛くねぇ。

「永野《ながの》さん、探索《たんさく》お疲れ様《さま》でした。これは、永野さんや佐藤《さとう》さんの配信を見ていた人が、ダンジョンから出てくるのを見たくて集まっているみたいです。かくいう僕《ぼく》らも、配信で出てくるのを知って、思わず駆《か》け付けたんですが」

康太君が照れくさそうに笑った。

なるほど、こいつらは切った張ったの大立ち回りをした俺たちを歓迎《かんげい》してくれている、と。

なんか、すげえ頭に来るな。

「うるせえ！　殺すぞ！」

大人数の歓声《かんせい》すら打ち消す怒声《どせい》を叩《たた》きつけてやれば、一気に場が水を打ったように静まった。

「デカい音出すな。フラッシュ焚《た》くな」

うるせえ音は嫌《きら》いなんだよ。そもそも目と耳は斥候の命だぞ。

つーか機材は進化してんのに、フラッシュ焚きたがる人間性は変わってねぇのかよ。動物園でやめろって言ってることは、人間相手にもすんな。

——なんて脳内で言語化してはいるが、上手《うま》く説明できない感情の部分が、強い怒《いか》りを発している。

怒鳴《どな》りつけるほどのことじゃない。片手でも挙げて盛り上げてやりゃいい。なのに、なぜかそれができなかった。

スイが俺の服の裾《すそ》を引っ張った。悪い、と大丈夫《だいじょうぶ》、の気持ちを込《こ》めて手をひらひらと振《ふ》る。

俺が足を踏《ふ》み出すと、表情をひきつらせた群衆が左右に割れた。モーゼの気分だ。

「こんなに終わった空気に変えれるなんて天才ですねー」

「もう少し気を遣《つか》ってくれりゃ、俺も満面の笑《え》みで手を振って踊《おど》ってやったさ。七色に光りながらな」

ゲーミング俺だ。喜べ。

「そっちの方が怖《こわ》がられそーですね」

ヒルネのゆるい感想に、少しだけざわついていた感情が戻《もど》った。

受付に行き、ドローンを押《お》しやる。

「報告だの買い取りだのってのは、ここで合ってんのか」

「ひ、ひぃ」

モニターやスキャナーのような機材でゴチャゴチャしたカウンターに行くと、受付の真面目そうな中年男性が怯《おび》えた顔をした。

「あー、私がやる」

歩み出たスイを見て、男性職員は露骨《ろこつ》に安堵《あんど》の表情を浮《う》かべる。対応の違いに釈然《しゃくぜん》としないが、報告等の事務作業はスイと山里に任せた。

遠巻きに見られている俺たちに近づく女性が一人。

前髪《まえがみ》を大きく掻《か》き上げたロングヘアと、冷たい印象を受ける切れ長の目。スレンダーな体を、グレーのタイトなスーツと白のブラウスに、細い黒の蝶《ちょう》ネクタイで包んでいる。

「お、支部長ちゃんじゃん」

「その呼び方を許した覚えはありません。おえっ。ともあれ無事の帰還《きかん》、何よりです。おえっ」

我らが多摩支部の長、直々のお出迎《でむか》え。今回も心当たりがしっかりある。

「今すぐ詳《くわ》しい話を聞きたいところですが……おえっ。まずは入浴と着替《きが》え、それに休息と治療《ちりょう》をしていただきましょうか」

「なんでハンカチで鼻押さえてんの？」

「すぐに案内させます」

「なんでだよ」

えずき過ぎだろ。そんなに臭《くせ》えか？

四章

二日間の検査入院を経てわかったのは、何もかもさっぱりわかりません、ということだった。あと血圧が高い。ふざけんなよ。

入院病棟《びょうとう》の個室に軟禁《なんきん》され、空いた時間はひたすらに報告書を書かされ、味の薄い病院食を食わされた。ようやく解放されて支部長ちゃんに会いに行けば、めちゃくちゃ事務的なやり取りで終わりだ。ちなみに今回はおえおえしていなかった。

スイたちは何やら忙《いそが》しいらしく、次の探索まで時間があいてしまった。そんなこんなで暇《ひま》を持て余しているところに勧《すす》められたのが配信だ。

アホくせぇな、とは思う。だが支部長ちゃんに、「多くの人と関わることで、現代の社会性を身に付けてください」と説教されてしまったからな。そう言われてしまえば反対する理由というか、意思も湧かねえよな。

東京に建てられた高層マンションの一五階。一ＬＤＫの一室が、俺が協会から貸してもらっている部屋だ。

家のリビングで床《ゆか》に座り、ドローンのカメラをオンにする。

「あー、これでいいのか？　こっち側から画角とか見れねえのか？」

色々と弄《いじ》ってみた感じ、スマートウォッチと連携《れんけい》させることで、色んな機能が使えるようだ。昔のＰＣなんかよりも、よっぽど直感的な操作ができる。


：あれ、配信ついてる？

：なにこの何もない部屋。ダンジョン？

：ダンジョン（地上1層）

コメントがゆっくりと流れ始めた。どうやらやり方は合っているようだ。

俺は家の近くの移動販売《はんばい》で買ってきたビールを開ける。なんと驚《おどろ》きのアルミ缶《かん》。生きとったんか、お前って感じだ。資源の再利用効率が良いとかで、ほとんどの容器が金属製になるという、昔じゃ考えられないことになっている。

あと、コンビニみたいな店もかなり減っていた。

移動販売のオヤジに話を聞いたところ、都内は不動産価格が上がりすぎて、小売りは割に合わないらしい。世知辛《せちがら》い話だ。

：酒飲んでらぁ

：飲酒雑談？

：ゴブリンさんの飲み配信か、ほな帰りますね

ぽつぽつとコメントが増えていく。

昔見た配信だと、コメント一切《いっさい》なくて途中《とちゅう》で話すことなくなって切っちゃってた人がいたりしたな。スイのお陰《かげ》で多少の知名度があるからか、随分《ずいぶん》とやりやすい滑《すべ》り出しだ。

「なんか我らが多摩支部の支部長ちゃんが配信でもしろって言うからな。しゃーなしつけた。特に話す話題とかもないから、好きに質問でもしろよ」

喉《のど》を潤《うるお》しながら言う。

ビールは味が変わらんな。長い歴史のある飲み物だ、たった二五年間ごときでは変化しないってことか。

：スイちゃんとはどんな関係ですか？

「最初に来た質問がそれかよ。本当に気持ち悪いな」

：ゴブリンさんガチ恋説あるな

：まだだ、まだどっちかわからない♂

：出張おつ。女配信に帰れ

「どんな関係も何も、全部配信で垂れ流してるだろうが。アーカイブにたっぷり残ってるから全部見てこい。次」

：ヒルネちゃんとはどういう関係ですか？

「面倒《めんどう》くせえな。配信消すぞ」

：やめて

：クソコメすんなカスぅ！

：うちのが失礼しましたぁ、堪忍してつかぁさい（もみ手）

「配信全部みりゃわかること聞いてきたら、特定して家に行くからな。次」

：世界樹の苗って具体的になんなん？　リアタイしてたんだけど、よくわかんなかった

「あー、いい質問きたな。これ、病院で改めて精密検査したんだが、正直よくわかってない。仮説も込みの、現状わかってることだけ話してやろう」

：ええ質問や

：質問者ないすぅ！

：スイちゃんの人気に乗っかるように配信してるのに、それについて説明しない不誠実な態度ってどうなんですか？w

：あれ見ててちょっと引いた

：リアタイぼく、食い合うシーンで、リビングで悲鳴上げちゃった

結構な人数が気になっているようだ。一匹紛《いっぴきまぎ》れているのは、コメントを上位表示に固定してあげよう。

「まず、世界樹の苗そのものについては、サンプルすら取れていねえ。俺の体に寄生しているのは、神経にべったり張り付いていて、迂闊《うかつ》に採取すれば体への侵襲《しんしゅう》が大きすぎるってんで、出来ていないな。あとな、単体で切り取ろうとすると、逃《に》げる。体の中這《は》いずりまわって、切り取られないようにすんだよ。肩の傷を覆ってんのを取ろうとしたら、一斉《いっせい》に逃げやがったせいで、激痛と出血多量で大ダメージ食《く》らったわ」

：ひえ

：戦闘時よりダメージでかそうで草

：体の中動いても、それ自体は痛くないのか？

：そのままデスねばよかったのに

もう一匹固定な。

「で、こいつなんだが、少なくとも二種類の作用があるらしいな。まず傷口を覆っていたような、物理的な作用。それと、神経伝達物質やホルモンに似た、細胞《さいぼう》のレセプターに作用するたんぱく質を吐《は》き出す作用」

：ガチ寄生虫で草枯れた

：レセプターってなんぞや

：→人体はタンパク質で出来てる。情報のやり取りもタンパク質。情報を受け取る場所がレセプター。メッセージボックスみたいなもんや

「このたんぱく質自体は解析《かいせき》中だが、とりあえずアドレナリンに似た構造のものを吐き出すってのはわかった。俺が怒《おこ》りっぽいのは世界樹の苗のせいってことだ。わかったな？」

：嘘乙

：絶対もとからだろ

：変なもの食うから……

：世界樹の苗「冤罪です」

：キレ慣れてるキレ方してるんだよな

視聴者《しちょうしゃ》が誰も納得《なっとく》してくれない。やはりこいつら全員敵だな。
ちなみに世界樹の苗については、協会から採取依頼《いらい》が出ている。次に見つけたときは、全部は食べずに持って帰ってこいとのこと。大半は喰《く》っていいのかよってな。

：なんでダンジョンから出てきたときブチ切れてたん？　正直印象悪かった

「次はこれだな。お前ら、自分のこととして想像してみろよ。薄暗《うすぐら》いダンジョンで、どこから敵が現れるかもわかんねぇ環境。そこで寝泊《ねとま》りしながら戦って戦って、神経尖《とが》らせまくった状態から、大歓声とフラッシュ。神経バッチバチになるぞ」

：あーね？

：確かにキレるわ

：それでも言い過ぎやろ。普通にやめてって言えばええやん

：悪意がないとはいえ、って感じか？

：んー、それでもあれはなぁ

「納得しないならそれでいい。俺は俺に配慮《はいりょ》しない人間に配慮しない。それだけだ。次」
かなり賛否両論だな。実際のところ、俺自身もそこまでキレる必要あったか、なんて思うところもある。だが、山里含《ふく》め誰もそこで言葉にして止めなかったということは、一つの意味を持っているはずだ。
それに。俺らがやっている命のやり取りがショーにされている、というのを強く実感したんだよな。死なないため、生き延びるために神経を尖らせていることに、全く頓着《とんちゃく》しない想像力のなさ。エンタメとしてダンジョン探索を捉《とら》えているからこその、認識の緩《ぬる》さと無《む》配慮《はいりょ》をぶつけられてしまった。

：どうしたら彼女ができますか？

「いい質問だな。ダンジョンで二五年間たった独りで暮らせば何かわかるかもな。次」

：一番美味かったのって何？

「ぶっちゃけると、初めてダンジョン潜《もぐ》ったときに持ち込んだ羊羹《ようかん》。慣れないときの探索って、マジで疲れるんだよな。役立たずだの帰れだの給料の無駄《むだ》だからここで死ねだの怒鳴られまくるし、足の裏はクソ痛いし裏腿《もも》までその日のうちに筋肉痛。意味わかんねぇくらい肩こって、首どころか喉ぼとけの辺りまでバキバキ。そんな状態で食った一〇〇円の羊羹が、死ぬほど美味かった」

：パワハラやばすぎ

：時代感じるわ

：山登ったときのキャラメルめちゃ美味いからわかる

：思い出補正ありそう

：関係ないけど山らへんにある蕎麦屋ってやたら美味くないか？

：死ぬほど疲れたときの甘いものクソ美味いよね

「ダンジョン内で食ったモンスターの話をしてやりてぇんだが、二五年間味付け無しだったからな」

あくまで俺の感想だが、塩すら振れない良い肉は、そこらのサラダチキンにも劣《おと》る。塩という旨《うま》さの着火剤《ちゃっかざい》が必要なんだ。火がねえ火薬は、カイロの鉄粉より温《ぬる》い。

:ワーウルフについて詳しく聞きたいんやけど、結局戦争？　になんのか？

俺《おれ》がちゃんと答えると分かったからか流れの速くなったコメントの中から、これが目に留《と》まった。

ワーウルフ関連については当然ながら協会と話してきている。部分的に開示できない情報もあるが、大部分は公開して良いと言われた。

「ワーウルフと戦争になるかって話だと、協会のお偉《えら》いさんは、そうなると思っているみたいだな。それがイメージされる『戦争』ってものになるかは、正直わかんねえな。なにせ自衛隊が強すぎる」

自衛隊――ひいては先進国の軍隊は、二五年前と比べて劇的な変化は起こしていない。調達が安定していて、信頼《しんらい》できる技術で、組織的に運用できるものを使う。ともなれば、そうそう変わりはしないってことだ。

ダンジョン内の戦闘に合わせた幾《いく》つかの新兵器や技術なんかは運用されているが、基本的には二五年前とそう大差ない。

そりゃそうだよな。二〇二五年に最先端《さいせんたん》だったF35戦闘機《せんとうき》の初飛行は、諸説あるが二〇〇〇年頃《ごろ》だ。Ｍ２重機関銃《じゅうきかんじゅう》だって、一九三〇年代の銃を使い続けている。軍隊の装備更《こう》新《しん》はクソ遅《おそ》い。

それでもだ。ぶっちゃけ剣だの槍《やり》だので倒《たお》せるモンスターなんて、集団で運用される現代兵器の前には敵じゃねえ。

：自衛隊の地下３０層前哨防衛線ヤバすぎ。３０ミリ機関砲が火力過剰すぎるわ

：自衛隊の弱点は人数少ないことくらい？

：市ヶ谷の直下はどんくらい攻略されてるんやろな

：自衛隊の広報で見る攻略と比べたら、正直探索者は存在がお遊びだわ

「おう、そうだな。まぁ自衛隊は国を守ることが主題で、俺たちは資源や情報を持ち帰る経済活動が主っていう違いがあるらしいがな。今回の事案は国防に寄ってるから、自衛隊がメインで動くらしいぞ」

なんて言いつつ、嫌《いや》な予感が拭《ぬぐ》えないところがある。

支部長ちゃんから、俺たちに依頼が来たのだ。いや、依頼っていうのはちょっと変な表現になるかもな。正確に言い表すなら「お願い」ってところか？

「ただ、それはそれとしてだ。協会があの狼男《おおかみおとこ》——仮称《かしょう》『ロボ』の首に懸賞金《けんしょうきん》をかけた。要は、早い者勝ち総取りの暗殺依頼みたいなもんだ」

：ふぁ⁉

：賞金首⁉

：なんで暗殺？

：特定のモンスターに懸賞金かけたことあったっけ？

：激やば情報じゃん

：ソースは？？

「ソースもなにも、今日か明日には公表されると思うぞ。ワーウルフとの戦争は、頭を押さえりゃ止まるって判断かもしれねえな。それにダンジョンの専門家集団としてのプライドもあるかもしれねえ」

ワーウルフが地上を目指すのは、種族全体としての行動というより、俺が戦った狼男——ロボによる行動と考えられている。ロボさえ倒せば、一先《ひとま》ずは危機が去って元通りってわけだ。

金額については正式発表前で濁《にご》されたが、ケチな探索者協会にしては大きな額を用意しているそうだ。まぁどちらかといえば、ロボの討伐《とうばつ》時に得られる情報の方が、民間企業《きぎょう》に求められる分で高い価値がつくかもな。

飲み干した缶はそのままに、二本目を開ける。

「あとシンプルに、大規模に放たれる斥候《せっこう》みたいな側面もあるだろうな。金に釣《つ》られた探索者たちがガチでロボの捜索《そうさく》をしてくれりゃ、自衛隊の防衛線も楽に敷《し》ける」

：あーね

：実際に倒せるかはともかくってことか

：偵察依頼と違って、成果なければ金払わなくていいしな

：大人ってずるい

：正直すべての出入り口を守るには公務員の人数が足りなすぎるもんな

「つっても、危険性も高いだろうから、実際のところどれくらいの人数がやろうとするかだな」

：ゴブリンさんとの戦闘見てたら、避ける探索者も多そう
：上位層が挑むくらいか？
：ぶっちゃけ探索者の強さって見ててあんまりわからん。ゴブリンさんってどんくらい強いの？
：→かなり上澄みだぞ
：喋るモンスターってだけで敬遠するやつらもいそうよ

配信で話しているのは表向きの内容だ。

視聴者たちは自衛隊とワーウルフがぶつかり合えば、必ず自衛隊が勝つと信じている。補給の困難さがあるとはいえ、自衛隊がモンスターとの戦闘で負けたことはないらしいからな。

世間全体の印象だってそうだろう。自衛隊は強い。モンスターなんか敵じゃない。負けやしない。

普通のモンスターならな。

ワーウルフの特性を考えたら、普通の戦闘にならない可能性もある。ロボは俺をコピーしたときに、身につけている服や剣《けん》もコピーした。銃や砲《ほう》ごとコピーされる可能性だって

捨てきれない。モンスターと戦うためにダンジョンに潜っているのに、突如榴弾《とつじょりゅうだん》が撃《う》ち込まれたりしたら洒落《しゃれ》にならねえ。

ひっそりと殺された隊員、ひっそりと殺された部隊に化けられる可能性だってあるしな。

未知の変身能力が相手だ。犠牲《ぎせい》になっても構わない、探索者という生産性の低い素人《しろうと》をぶち当てて、ワーウルフの能力を検証したいという意図が含まれているはずだ。

「かなりハイリスクだ、俺も避けたいところではあるが――」

俺の言葉をチャイムの音が遮《さえぎ》った。

インターホンのモニターを見ても、誰《だれ》も映っていない。

「……なんだ？」

：凸ったやついる!?

：室内だけで特定できるか？

：凸!?!?　よりによってゴブリンさんに!?

：人気配信者みたいで草

配信のコメントに視線を戻した途端《とたん》に、もう一度鳴る。おいおい、ダルすぎるだろ。

「よし、殴《なぐ》りに行くか」

玄関《げんかん》のカギを開けた。その瞬間、俺とほぼ同じ体格の男が飛び込んで来る。反射的に殴りつけるも、タックルに押し込まれ、室内に転がされた。

「いってぇな。誰だよ……」

ぐわっと全身の血管が広がった。脳内で鳴りだす警鐘《けいしょう》。

目の前に、俺と全く同じ顔。そいつはにちゃりと口元を歪《ゆが》ませた。

「――ロボ」

「ははは、そう呼ばれることになったらしい。久しいぞ、世界樹の仔……」

最悪だ。最悪だ。なぜ、俺の家に。

手が無意識に動いて武器を探す。が、当たり前に無い。武器は部屋に固定された鍵《かぎ》付きのロッカーにしまってある。

「よお。お前が俺のファンだったなんて知らなかったよ」

立ち上がろうとしたところに飛んでくる回し蹴《げ》り。両腕《りょううで》をクロスさせて受け止めた。

「地上侵攻《しんこう》は終わったのか?」

「これからだ。大群は目立つし、準備も必要故《ゆえ》にな」

「そうかい、ハンカチと水筒《すいとう》は忘れんなよ!」

言いながら殴りかかる。コンパクトなジャブ二連、右ストレートを囮《おとり》に、左のボディブローが綺麗《きれい》に突《つ》き刺《さ》さった。

「がっ……」

意外なことに、ロボはあっさりと体をくの字に折った。効いている？

何が理由かは知らねえが、怯《ひる》んだところにもう一発。小さく跳《は》ねながら、顔面に膝《ひざ》をぶち込んでやった。

仰《の》け反《ぞ》ったロボが、鼻に親指を当てて鼻血を飛ばす。これはあまり効いてねえな。顔面に膝の方がダメージはでかいはずなのに、明確にボディブローの方が効いていた。

「さては、変身に使った体はダメージが蓄積《ちくせき》される仕組みだな？」

俺のコピーは、ツヴァイハンダーで腹をぶち抜いてある。時間を置いての再変身でも傷が残されているんだろうな。表面的に塞《ふさ》がれた傷を治すような、回復魔法《まほう》系の回復手段をロボは持っていねえ。

「目立たぬよう人の姿を借りたが、傷が邪魔《じやま》だな」

ぐにゃりと体が歪み、二足で立つ爬虫類《はちゆうるい》の姿になった。リザードマンか。

同じ相手に化けると、傷なんかは残る。で、本人が目の前にいなくても、変身先みたいなのはストックされるってことだな。

リザードマン。

全身が鱗《うろこ》に覆われ、頭部がトカゲに酷似《こくじ》した人型のモンスター。体格や鱗の色は個体によって様々で、身長は一メートルから四メートルまで確認《かくにん》されている。

非常に頑強《がんきょう》な肉体を持っており、身長とほぼ同じ長さの尾《お》は力強く、尾だけで体を支えたりぶら下がったりもできる。脚《あし》は太く短く、なんなら人というよりも某怪獣《ぼうかいじゅう》の王様に近い体格かもしれない。

ロボが化けたのは二メートル程度のサイズ。室内だと圧迫感《あっぱく》がある。

「そんな強そうなのあるんなら、この前出せば良かっただろうに」

試《ため》しに放ったローリングソバット。顔面に綺麗に命中した。でっかいゴムの板を蹴《け》ったような感触《かんしょく》が返ってきた。足の裏の先に、小揺《こゆ》るぎもしない不敵な顔があった。

だめだ、素手《すで》でどうにか出来る相手じゃねえぞ。

「この体は少々不慣れでな。これくらいの狭《せま》さなら不慣れだろうが膂力《りょりょく》で圧倒《あっとう》出来る」

「いやあ、狭すぎて向いてないと思うぜ。コボルトくらいにしておけよ」

ガチで膂力だけで圧倒されそうだ。小手先の技術も通じないだろう。

入居したばかりでほとんど荷物がないのも痛い。物が色々とあれば工夫《くふう》の余地もあるんだが。

雑に放たれた前蹴《まえげ》り。容赦《ようしゃ》ねえなおい！

転がるようにかわして、リビングに逃げ込む。背後で何かが粉砕《ふんさい》される音がした。最初から備え付けてあったスタンドライトを掴《つか》み、槍投《やりな》げの要領で投擲《とうてき》した。ロボは裏拳《うらけん》であっさり弾く。砕《くだ》けたガラスを平気で踏みつけ、こちらに向かってくる。

何か、何か使えるものは……。

：大丈夫!?

：やばいって。通報、通報しなきゃ

：警察に電話した！

：警察じゃないだろ、ダンジョン協会か!?

多摩支部：状況を確認しました。応援を派遣します。

：逃げてくれーーーーー

：ゴブリンさんなら大丈夫だろ、信じてるぞ！

佐藤翠：場所どこ!?

配信も大盛り上がりだな、おい。

俺はドローンを捕《つか》まえると、荷物を固定する用のロープを伸《の》ばした。窓を割り、ドローンを外に追い出す。

カウボーイのようにロープの先端をぐるぐる手元で回した。

「うちは訪問販売も宗教勧誘《かんゆう》も受け付けてねぇんだわ。ご退室いただくぜ」

ドア枠《わく》に手をかけ、めりっと凹《くぼ》ませながらロボがリビングに入って来た。本当に規格外の力だ。指先が平然と木枠を潰《つぶ》している。

「思い通りにさせない為《ため》にここに来ているのだ。カウボーイ」

そして、カウボーイという言葉を知っているっつーことは、俺の知識もコピーで奪《うば》われていると考えた方が良さそうだ。いや、今更《いまさら》か。俺の家を特定している時点で、現時点での知識は全部抜《ぬ》かれちまってんな。

「ところがどっこい、今までそれをどうにかしてきたから、俺はここにいるんだよ」

惰性《だせい》で生きてちゃすぐに死ぬ場所にいたんだ。そして、きっとそれはロボも同じ。

振り回されるロープの先端を、警戒《けいかい》するようにロボの目が追う。なまじ俺の知識があるからこそ、ただのロープには見えねえだろ。

ドローンの積載量《せきさいりょう》は二〇〇キロ。説明書きでそれなら、実際はもっとあるだろ。ひっかけちまえばワンチャンスが生まれる。ドローンで引っ張り、俺も押し出しにかかれば、窓の外に突き落とせるかもしれねえ。いかに頑丈《がんじょう》なリザードマンといっても、マンションの高い階から落ちりゃ死ぬ。

窓際《まどぎわ》で釣りを狙《ねら》う俺と、それさえ避けりゃ勝てるロボは、狭いリビングで睨《にら》み合った。

迫《せま》る敗北に一発逆転を狙う。まるで、じりじりと財布《さいふ》の中身が消えていく中、スロット台に最後の万札を入れる瞬間《しゅんかん》に似ている。

怖いとか焦《あせ》るとかじゃなくて、なんか吐き気《け》がしてくるんだ。こういうときは。

口が乾《かわ》いて張り付きそうになる舌を回す。言葉は無料の弾《たま》だ。時間稼《かせ》ぎでも、動揺《どうよう》を誘《さそ》うでもいい。無駄でもいいから、撃てるだけ撃つ。

「でっけえ戦争するってのに、俺一人をシバくためだけに、王様の単独潜入《せんにゅう》か。やることがねぇのか、人望がねぇのかどっちだ？」

「単独？　余がいつそんなことを言った？」

「うっそだろ、おい」

マジ？

これから街中で地獄《じごく》の人狼《じんろう》ゲームが始まるのか？

「貴様が顔色を変えるのは愉快《ゆかい》だな」

「笑ってんじゃねえぞ」

最悪だ。最悪なんて状態には幾らでも下があるが、その中でもかなり底に近い方の最悪だ。

相手が嫌がることをするのは戦いの定石だ。それは構わねえが、やり方が反則過ぎる。

相手の変身待たないタイプの怪人《かいじん》だろ、これ。

「ダンジョンからモンスターが出てくるってのはよ、普通《ふつう》はゴブリンとかが群れで『わー！』って叫《さけ》びながら出てきましたーって感じだろうが。お前らじゃねえんだよ、普通。話が違う、帰れ。やり直しだバカ」

「生憎《あいにく》と、人間の普通には疎《うと》くてな」

そう言ったロボは、手元の壁材《へきざい》を握力《あくりよく》だけで毟《むし》り取り、振《ふ》りかぶった。

「それも反則だろ!!」

思わず叫ぶも、投擲は止まらない。白い粉を散らしながら飛んできた、石膏《せっこう》のような建材。

下手にかわせば体勢を崩《くず》す。そうすれば、唯一《ゆいいつ》の逆転の目を失う。なら、甘んじて受けるしかねぇ！

ぐっと体に力を込《こ》めて身構えた。飛んできた礫《つぶて》が左肩《ひだりかた》に当たる。予想を超《こ》える激痛に、目がチカチカとした。

「──っ」

漏《も》れそうになる声を、歯を食いしばって抑《おさ》える。頭皮からぶわっと汗《あせ》が噴《ふ》き出した。

ロボが嗤《わら》う。

「世界樹の苗《なえ》は傷を塞ぐだけだ。痛かろう」

「そうだな。失恋《しつれん》の胸の痛みってこんぐらいかなって感じだ」

「減らず口を」

再び飛んでくる礫。顔面に飛んできたそれを、額で受ける。白い粉が散った。

垂れてきた血を舐《な》めとる。

「白塗《しろぬ》りにしてどうするつもりだよ。ちくしょーって叫べばいいか？」

冷めた目で俺を見たロボは、また投擲。

「いつまでもつか、楽しみだ」

「俺って結構、我慢強《がまんづよ》いんだよな。サウナでも最後まで座《すわ》ってるしな」

爬虫類のぎょろりとした瞳《ひとみ》が、すっと縦に細くなる。

苛立《いらだ》ちから、幾分《いくぶん》と力の籠《こも》った振りかぶり。それに合わせて俺もロープを投げつけた。

俺が我慢強いわけねえだろうが。そもそもサウナは行かねえよ！

薙《な》ぐように飛ぶロープの先端を、ロボは床に手をついてかわす。そうだよな。隙《すき》だらけに見えても、そのくらいの警戒はする相手だ。

だが。

一足で大きく跳《と》んで、ロープの端《はし》を空中キャッチ。元から投げ縄の要領で上手《うま》くいくなんて思っちゃいねえ。投げ縄込みで隙を作り、直接縛《しば》って外に捨ててやる！

「気概《きがい》だけは認めよう。だが……」

顔面が木っ端《こっぱ》みじんに吹《ふ》っ飛ばされるような衝撃《しょうげき》が走った。視界が真っ白に染まり、世界から音が遠くなる。鼻の奥《おく》から焦《こ》げ臭《くさ》いにおいがした。

「が、ぁ……」

「足りていない」

うっすらと見えるシルエット。そこにいたのは、尻尾《しっぽ》を振り抜いた姿勢のロボだった。

周囲の壁《かべ》が薙ぎ払われて抉《えぐ》られている。

「くっそ。何が慣れてないだ。バチバチに活用してるじゃね……かはっ」

往復ビンタのように反対側から振られた尻尾に殴られ、壁に叩《たた》きつけられた。しっかり両腕でブロックしたというのに。衝撃に、肺から全ての空気を吐き出した。

粉塵《ふんじん》が派手に巻き上がる。こいつも相手が弱ったら追撃《ついげき》入れるタイプかよ。

俺がめり込んで砕けた壁の中に、水色のコードが見えた。とっさに握《にぎ》り、引っこ抜く。

千切れた線が剥《む》き出しになったコードの先端をロボに見せつけた。

「はは、俺もツイてるな。てめえのお陰で、逆転の策が出来たぞ」

「……電線、だったか？」

俺に変身していたときの、俺本体の記《き》憶《おく》が残っているのだろうか。ロボは不快そうに言った。

「人間ってのは、道具を使って足りないモンを補えるから強いんだよ。バチバチと活用してやんよ」

「たかが一〇〇ボルト……いや、どうだ？」

ロボは俺が持つ電線が、自分に致命傷《ちめいしょう》を与《あた》えられるかを気にしているようだ。いいぞ、迷え。時間は俺の味方だ。

沈黙《ちんもく》をもってロボと数秒間の睨み合いを続ける。言葉からは悟《さと》らせねえぞ。嘘《うそ》でも真実でも、発言は思考を加速させるものだ。余計なことを口にしなければ、ロボは判断材料に不足し続ける。

「……まあ良い。貴様を喰うのはあくまで副次的な目標だ。ここは引いてやろう」

「逃げんのか？」

「ははははは。犬ですら構って欲《ほ》しいときは自分からおもちゃを持ってくる。次は貴様がダンジョンに来るが良い。もちろん、のんびり待っていれば再びこの場所で相見《あいまみ》えるだろうがな」

ちっ。時間稼ぎすらさせてくれねえか。見かけ上の有利状況に固執《こしつ》しない。判断力が高すぎるな。

ロボはくるりと背を向ける。ふてぶてしいその背中に跳び蹴りしたい衝動《しょうどう》をぐっと堪《た》えた。

挑むことすらできない俺を、ロボは鼻で笑って堂々とした足取りで立ち去っていく。

手に持っているコードをよく見ると、透明《とうめい》なグラスファイバーがはみ出している。思わず力が抜けて座り込み、数秒前までの頼《たの》みの綱《つな》を放り投げた。

「通信用じゃねーか」

あぶなかった。自覚無しの、ただのハッタリだったらしい。ロボの人間社会への知識が俺ベースで良かったよ。なにせ、俺は現代社会に一番無知な日本人とも言えるからな。

部屋に静けさが戻《もど》った。床《ゆか》にこぼれた、飲みかけの缶《かん》ビールがしゅわしゅわと音を立てている。

大きく息を吐いた。

死ぬかと思った。完全な敗北。言い訳のしようがない。

そうさ。世界樹の苗だなんだと言ったって、所詮《しょせん》は人間。生身の力なんてたかが知れている。どれだけ殺し合いの経験を積んだところで、獣《けもの》相手には勝てねえ。

今生きているのは、大きな奇跡《きせき》だ。

――傲慢《ごうまん》になっていたのかもな。

知識として強者たちのことは頭にあったんだが。

戦いの中で生き延びてきたということは、逆接的に、俺は全ての争いに勝ってきたってこと。

水不足やら金欠やら、昔を振り返れば就活やら、目に見えないものに負けることがあったにせよ、力で捻《ね》じ伏《ふ》せられたのは、初めてかもしれない。

掌《てのひら》をぼんやりと見た。

大きな爪《つめ》もなければ、鱗もない。柔《やわ》らかな皮と肉しかない。こんなモンスターがダンジョンにいたら、初心者向けの練習台だろ。地球じゃ天下の霊長類《れいちょうるい》を気取っていても、武器がなければこんなもん。ましてやダンジョンのモンスターと比べりゃ、非力もいいところだ。

にわかに玄関が騒《さわ》がしくなった。応援の到着《とうちゃく》か？

拳銃《けんじゅう》を構えながら入って来たのは、懐《なつ》かしの田辺巡査《たなべじゅんさ》部長と、三人の警察官。その後ろに、細剣一本だけひっさげたスイ。あと探索者《たんさくしゃ》っぽい知らない男女。

俺は片手をあげた。

「永野《ながの》、無事か？」

慎重《しんちょう》に部屋中に視線を巡《めぐ》らせながら、田辺巡査部長が問う。

「よお。無事に見えるか？」

「生きてはいるな」

「そうだな。生きてる。だが、タコ負けのボコボコだ」

スイが横から顔を出した。

「ナガ！　大丈夫《だいじょうぶ》？」

「貧乏《びんぼう》なのにビール無駄にされて、マジ泣きそう」

へらへらと笑うと、スイは泣きそうな顔をした。今の俺、赤と白にまみれて、ピエロみたいに笑える顔してるはずなのにな。俺以外の全員が真剣《しんけん》な表情をしている。やめてくれ、情けなくてキツいぜ。

「田辺っち、市街地にワーウルフが紛《まぎ》れ込んでるらしい。人間に化けている可能性もあるし、野生動物に化けてる可能性もある」

「安心しろ、もう上に伝わっている。あと、誰が田辺っちだ」

「あとな。たぶん、拳銃程度じゃ話になんねえよ」

人間ですら殺せるかギリギリの武器なんだ。目にでも当てなきゃ有効打にならないだろ。

「承知の上だ。だが、今のお前は守るべき市民の一人だ」

すげえ覚悟《かくご》だ。警察官の覚悟は、探索者の覚悟のそれと種類が違う。無駄死《むだじ》にだろうが、とにかく助けには行くっつーことかよ。守るべき対象に入れてもらえたことに、なんとも言えない気持ちがこみ上げる。

応援に来た探索者のうち、女の方が俺の前に進み出た。おかっぱの日本人形みたいな顔したガキだ。

「無様な姿」

初手喧嘩腰《けんかごし》かよ。

「喧嘩か？　やるか？」

おじさんは女子どもでも、フルパワーで殴れるタイプだぞ。もちろん男も殴るし人狼もぶん殴る。

「先に喧嘩を売ったのはそっち。私は鬼翔院柚子《きしょういんゆず》」

「僕《ぼく》は鬼翔院隼人《はやと》」

黒豹《くろひょう》を思わせる、引き締《し》まった肉体の男も出てきた。

っていうか、鬼翔院!?

俺が配信で地雷踏《じらいふ》んだ相手じゃねーか!

やばい。いや、冷静に考えたら別にやばくもないのか。

なんか勝手に怒っているだけで、俺は悪意を込めて誹謗《ひぼう》中傷したわけでもない。つーか別に喧嘩売ってねえよ。

「リアルファイトがご所望《しよもう》なら、鬼翔院様専用ってタグつけて出品してやるぞ?」

「いい。死に体に興味はない」

柚子はつっけんどんな態度だ。喧嘩したいのかしたくないのかわかんねえな、これ。

兄貴っぽい様子の隼人が頭を掻《か》きながら、申し訳なさそうに言う。

「すまないね。柚子が一方的に君のこと意識しちゃってるみたいでさ。なにせ、これまで配信で見る君の戦いは凄《すさ》まじいの一言に尽《つ》きるからね。まるで、人間の野生と闘争心《とうそうしん》を絞《しぼ》り出すかのような戦い方だ」

「ついに無様を晒《さら》したけどな」

それも全世界に生中継《なまちゆうけい》だ。手も足も出ず、はったりだけで見逃《みのが》してもらった姿を。

「これで君の価値が下がると思うのは、見る目がない者だけだよ」

「どうだか」

隼人が差し出した手を掴みながらも、自分の足の力だけで立ち上がる。隼人は少し笑った。

窓の外を眺《なが》める。放り出されたままのドローンが、所在なげにコメントを垂れ流していた。外はまだ明るい。ロボの野郎《やろう》、白昼堂々と襲撃《しゅうげき》しやがったか。

「田辺っち。ロボの追跡《ついせき》はできてんのか？」

田辺は自分のスマートウォッチから、ホログラムで複数のウィンドウを空中に投影《とうえい》した。指でなぞるように大量の情報を追いかけながら言う。

「監視《かんし》カメラ等のＡＩ分析《ぶんせき》で追えているが、ダンジョンの入り口に真っすぐ向かっているようだな。市街地でリザードマンを阻止《そし》する手段はない。このまま悠々《ゆうゆう》とダンジョンに帰っていくだろう」

俺は舌打ちをした。荒《あ》らすだけ荒らして即座《そくざ》に撤退《てったい》。前回もそうだが、引き際《ぎわ》が鮮《あざ》やかすぎる。

「テニスボールでも投げたらそっちに夢中にならねえかな？」

「アメリカの犬じゃないんだぞ……」

アメリカ作品に出てくる犬はテニスボールが大好きなのは、この時代でも共通認識《にんしき》だったか。

「で、どうする」

柚子が言った。どういう意図で聞いたか知らねえが、答えは決まっている。

「奴《やつ》を殺す。舐められたら終わりだ」

ここでイモ引くわけにはいかねえんだわ。ロボにも舐められ、視聴者《しちょうしゃ》にも舐められ、世界中から舐められる。

たった一度の敗北。たとえ命を懸《か》けることになったとしても、それを許すわけにはいかねえんだ。

もちろん理由はそれだけじゃないが、そこまで言うつもりもない。

地下二六層での戦いは最悪だった。過去一の痛みを伴《ともな》う戦いだったかもしれない。正直、二度と関わりたくない相手でもあった。

リスクばかりでリターンもなく、冒険《ぼうけん》じゃなくて戦争を強《し》いられる相手だ。

それでも、こうなった以上はやるしかない。通り過ぎるのを待てばいい嵐《あらし》じゃなくなった。

「スイ、いいな？」

「当然だよ」

打てば響《ひび》く答えが心地《ここち》よい。

だが、そこに水を差すやつが一人。

「出来る？　無理でしょ」

「ああん？？」

思わずドスの効いた声が出た。

「何も学習してない。実力も足りない。ロボは私たちが殺る」

「表出ろ」

わかってねえのか、こいつは。舐められたら終わりっていうのはな。モンスター相手に限った話じゃねえんだわ。

舐められれば価値が下がる。それは俺たちの命の価値だ。そして、仲間の命を継続的《けいぞくてき》に危険に晒すやつは、いずれ仲間からの信用と信頼を失う。

文字通り、舐められたら全てを失うんだよ。

「いい度胸。格というものを教えてあげる」

「おい、やめないか柚子。永野さん、申し訳ない」

「安心してくれ、隼人君。霊安室《れいあんしつ》送りで済ませてやるから」

「死んでるね、それ⁉」

気づきやがったか。

見かねたのか、田辺巡査部長が口を挟《はさ》む。

「我々の立場からすると、私闘《しとう》は止めなければいけない。やめてくれ」

「ナガ、ロボと戦うのに怪我《けが》ばっかり増やすのは良くないよ。無視して先にロボを倒せばいいじゃん」

スイも止めるようなことを言うが、方向性は大きく違った。合理的だ。

人体っていうのは、使えば使うだけ消耗《しょうもう》する。魔法で傷を治そうが、世界樹の苗で塞ごうが、失ったものを取り戻せるわけじゃない。血も肉も体力も、どんどん削《けず》れていく。

追い込まれた体っていうのは、何かに覚醒《かくせい》してパワーアップなんてしない。シンプルに、鍔迫《つばぜ》り合いに弱くなったり、最後の一押《ひとお》しが出来なくなったりするだけだ。

「そうだな。こいつら無視してダンジョン行こうぜ。スイの用事は良かったのか？」

「私たちは装備のメンテナンスとか新調してる感じかな。明日には完成してると思う。ナガも時間あるんだし、ちゃんと準備したら？」

「あー、確かにな。次はオイル系とか、ショウガにナツメグ、ローリエ、ローズマリー、トマト缶は持っていこうと思ってたんだわ」

「そういうことじゃないんだよね」

俺とスイが話していると、隼人が待ったをかける。

「そうはいかないよ。僕らも一緒《いっしょ》に行くからね」

「はあ？」

思わず変な声が出た。

隼人が頭の後ろで腕《うで》を組みながら続ける。

「支部長から、『職員の永野弘《ひろし》の救援《きゅうえん》、および共闘《きょうとう》』という依頼《いらい》を受けているからね。ダンジョンに潜《もぐ》るならそれも共闘だ」

「屁理屈《へりくつ》だろ！　ロボが去ったんだから、もう依頼達成じゃねえか！」

「期限が設定されていないいんだよね」

滅茶苦茶《めちゃくちゃ》だ。支部長ちゃんも焦りすぎだって。そのおかげでこんなにも早く救援が来ているのだから、感謝の気持ちもあるにはあるけども。

「隼人の希望。私はロボを仕留められればいい。邪魔しないで大人しく後ろにいて」

小憎《こにく》らしいガキは無表情で淡々《たんたん》と言った。

こいつら、二人ともついてくる気かよ。

苛立ちが募《つの》るが、脳の冷めている一部分が、こいつらの同行のメリットに気が付いた。

「あー、いや。良いのか。そうだよな。よし、ぜひとも一緒に行こうか。君たちは日本トップクラスの探索者らしい。頼《たよ》りにしているぞ！」

語尾《ごび》に星マークでもついていそうな俺《おれ》のセリフに、スイが口角をひくつかせる。

「ナガ、壊《こわ》れた？」

「いいや、全然。冷静に考えてみたんだが、実力が保証されていて、しかも死んでも悲しくない肉の盾《たて》がいるってクソラッキーじゃねえか？」

スイと隼人が同時に「うわぁ」とドン引きした。

「流石《さすが》にそれは失礼だと思う。すみません、うちの野蛮人《やばんじん》が……」

「いえいえ、うちのも失礼な物言いが多かったから、お互《たが》い様《さま》かなと」

二人がぺこぺこと頭を下げ合う。小学校のＰＴＡの集まりかよ。

ともあれ無料で強めの傭兵《ようへい》を雇《やと》えたと思えばツイている。

というかだ。俺としては汚名《おめい》返上とロボの殺害は別個の課題として切り分けても問題ないんだ。最悪、こいつらがロボにトドメを刺してもいいんだから、手数は多い方が良い。

「善は急げってな。明日の一七時に井の頭入り口に集合。さっさと降りて地下一五層の拠《きょ》点《てん》で一泊《ぱく》。明後日の朝から万全《ばんぜん》の状態で、中層を突破《とっぱ》。深層まで一気に降りてから探索するぞ」

「なんで深層なの？　ワーウルフたちは中層のモンスターでしょ？」

「ロボは地上侵攻の準備をしている。っつーことは、変身先として強力なフィジカルを持つ深層モンスターの体が欲しいはずだ。それに、俺のことを狙ってきたっつーことは、世界樹の苗も手に入るなら欲しいんだろうよ。あと、大集団の食料を賄《まかな》えるのは、深層以下の環境《かんきょう》だ」

ダンジョンは浅い層ほど人工物に囲まれた環境であり、深い層ほど濃密《のうみつ》な生命力に溢《あふ》れた環境になっている。

軍隊を食わせるなら、被害《ひがい》は織《お》り込み済みで深層に滞在《たいざい》しているはずだ。

俺がロボなら侵攻準備は深層でやる。で、十分な保存食まで得られたら地上へゴーだ。

「人類は早さで意表を突かれたんだ。同じくらいの早さで殴り返すぞ」

俺の言葉に、スイと隼人は頷《うなず》く。深刻な表情をする田辺巡査部長が対照的だった。

◇

恐《おそ》れていたことが起きた。

各々《おのおの》が準備に動いた後、スマートウォッチに緊急《きんきゅう》警報と速報の通知が次々に飛び込んできた。

どうやら街に潜伏《せんぷく》したワーウルフのうち、ロボの動きを助ける陽動として派手に動いたやつらがいたらしい。

ひとつ例を挙げるなら、こんな感じだ。

商業施設《しせつ》でリザードマンに変身して大暴れ。対応に動いた警察官を殺害。義侠心《ぎきょうしん》から駆《か》け付けた探索者を、警察官に変身して拳銃で射殺。その後は鳩《はと》に化けて飛び去ったそうだ。

現時点で判明しているだけで、死者一八名、重軽傷者九一名、行方《ゆくえ》不明者三名。それに人狼に入れ替《か》わられた可能性が高い者もおり、虫も逃《のが》さないような施設《しせつ》に隔離《かくり》され、取り調べを受けているらしい。

次はいつどこで現れるかわからず、並大抵《なみたいてい》の戦力では太刀《たち》打ちできない。最悪のゲリラが街に潜伏している状態になっている。

戦いの傷跡《きずあと》生々しい部屋で、ツヴァイハンダーを磨《みが》く。なんとなくドローンの配信は付けっ放しにしていた。

：何してる中？
：明日から狼野郎のボス殺しにいくらしい
：負けたくせに？
：1勝1敗や。武器があれば勝ち目あるだろ

：大変そう。道民ワイ、高みの見物

：不謹慎すぎる

ずっと退屈《たいくつ》なシーンを流している。コメントはそんなに盛り上がっていないが、不思議と視聴者は増え続けている。

：親が帰ってこない助けて

ふと顔をあげたときに流れた悲痛なコメントに手が止まった。

「すまん、助けてはやれない。お前の親の無事を祈《いの》る。万一のことがあったら仇《かたき》はとってやる」

わざわざ言う必要もないんだろうな。俺が変に反応してしまったせいで、コメントが加速し始める。

：助けてやれよ

：ロボに挑むとか無謀なことしないで、地上で頑張ればええやろ

：ダンジョンで戦いたいだけだろ
：ゴブリンさんが戦わねえで誰がロボ倒すんだよ
：万一とか言ってないで慰めてやれよ
：俺も家族と連絡とれない
：いいだろ、本人の自由でしょ。探索者に地上のことまで背負わせるのは違う
：ダンジョン行かないで地上で守ってくれ

これまでのコメントとは違う必死さが伝わってくる。ダンジョンでの戦いが対岸のショーではなくなり、我《わ》が身《み》に降りかかる災害となったからだろう。

身勝手なことだと思う。

「俺に出来んのはダンジョンで戦うことだけだ。だから俺はダンジョンで戦ってくる。お前らは、俺と同じくらい命懸《いのちか》けて、自分の大事な人を守れよ」

：探索者でも殺されてるんだぞ!?

：なんとかしてくれ
：突き放す言い方しないで

：なんか変な力とか魔法とかないのか？
：そうやって見捨てるんですか
：ゴブリンさんに期待しすぎだろ。探索者も警察も自衛隊もたくさんいるのに
：はやくロボ殺せ

こいつらは不安なんだろう。行き場のない感情を俺の配信にぶつけている。ロボの本格侵攻《しんこう》という将来の地獄以前に、目の前の地獄に耐《た》えきれなくなっているんだ。

仕方のないことだと思う。平穏《へいおん》な日常が壊され、命に爪牙《そうが》がかけられる覚悟なんて、ないのが当たり前なんだ。弱いとは思わない。それが普通というものだ。

だが、俺がこいつらの感情のゴミ箱になってやる必要もない。

立ち上がり、綺麗な刀身を取り戻したツヴァイハンダーを正眼に構える。ぐるりと回す体で巻き取るようにして、真横に振るった。音はない。リビングのどこにも当たらず、狭い空間のギリギリを通った刃《やいば》は、何事もなかったかのように正眼の位置に戻った。

——思い通りに動く。

過去最高に体のキレが良い気がする。

「お前ら、待ってろ。そして、見てろ。不安だろうが、耐えろ。本当の地獄を止めてきて

やる」

コメントが止まった。

◇

一七時。ダンジョン入り口ゲート前。

集合の時間だ。俺以外のメンツは全員揃《そろ》っている、どころか、関係ないはずの奴らまで集まっていた。

「おいおい、迂闊《うかつ》に集まるとワーウルフが混ざるぞ」

「お前は人狼ゲーム得意だろ?」

軽口で返してきたのは山里だった。俺は肩《かた》を竦《すく》める。

スイ、ヒルネ、トウカ。鬼翔院の二人。山里ら五人。それに支部長ちゃん。

「ナガ。蓮《れん》君と康太《こうた》君が見送りに来たがってたよ。けど、家族を守るために家にいるって」

「そうか。ガキのくせに立派じゃねえか」

家族を守ることより尊いことはねえな。バカだと思っていたが、見直した。

スイの姿を改めて見れば、装備が変わっている。

金属製だった胸甲《きょうこう》は、ライトグリーンの鱗《うろこ》のような質感に。新たに首についた細いチョーカーにはびっしりと魔《ま》法《ほう》言語が刻印されている。武器は細剣《さいけん》から、錫杖《しゃくじょう》のような長い杖《つえ》に変更《へんこう》されていた。

「思い切ったイメチェンしたな」

「攻撃《こうげき》のリーチと魔法の火力を上げてみたの」

良い選択《せんたく》だ。正直、細剣じゃあ急所に刺《さ》しても死なないようなモンスターだっているだろうしな。

「で、ヒルネは面白《おもしろ》い仕上がりだな」

「へへへ」

基本的な部分は変わっていないが、短剣《たんけん》の他に、体の各所にベルトでナイフを固定している。グリップ部分に引き金のような構造があり、ナイフのケツから小さな金属缶がはみ出していた。

ワスプナイフ。敵に突《つ》き刺したあと、体内に高圧のガスを吹き込み、内側から爆散《ばくさん》させるナイフだ。実際に使っているシーンは見たことないが、随分《ずいぶん》と凶悪《きょうあく》なものを持ってきている。

「トウカは――戦争でもするつもりかよ」

「ふふ、戦争をしに行くのですよ」

色んな感想を呑《の》み込んで、ようやく出たのがこの言葉だった。

上品に笑うトウカだが、その姿は上品とか下品とかそういう次元じゃない。一言で表現するなら——ＳＦ兵士。

無骨な重機をそのまま人間の外側に張り付けていったようなデザイン。腰回《こしまわ》りにバカでかいユニットがついており、足の外側に沿うようにユンボのアームみたいなのがついて、体重を支えている。腕《うで》にも同様のパーツがついており、右腕からは杭《くい》のようなものが飛び出していた。

「え、それがパワードスーツで合ってんのか？」

「はい。火力と体重の不足を補うために、特別に用意いたしました。右腕のこれは、メイスの代わりにパイルバンカーを取り付けました」

俺は絶句した。

一人だけ何か違いすぎる。

確かに二五年前時点で、実用的なパワードスーツは幾《いく》つも販売《はんばい》されていたし、軍用の試作品では、こういったごっつい代物《しろもの》も作られていた。だが、いくらなんでもこれは……。

「男の方って、こういうのがお好きなんですよね？」

「間違《まちが》っちゃいねえが……」

恐ろしいポイントその二が、パワードスーツの表面におびただしい魔法言語が刻まれていることだ。物理的にもガチムチで、魔法的にも強化されている。もうこれ、トウカ一人で勝てるんじゃねえか？

「ナガもちょっと装備変わったね」

そうだ。俺自身も少しばかり装備を変えている。

メイン武器はツヴァイハンダー。これは変わらずだが、ちゃんと手入れをしたことで、

切れ味なんかは上がっている。

服装は変わらずの戦闘服《せんとうふく》だが、体の各所にプロテクターを仕込《しこ》んでいる。強化樹脂製《じゅしせい》の

軽くて頑丈なやつだ。それと、腰《こし》の後ろ側にククリナイフを取り付けてある。

「今回は本気出さねえとな。山里たちは完全武装だが、もしかして手伝ってくれんのか？」

「おう。貸しイチな」

本当に助けに来てくれたらしい。そこまで深い付き合いでもないのに、良い奴らだ。

「今度ご馳走《ちそう》を用意してやるよ。俺の手料理だ」

山里は顔をくちゃっとさせた。どういう感情の顔だ、それは。

シャベルマンも気合が入っているのか、今日はシャベル二刀流。なんか怖《こわ》いから触《ふ》れな

いでおいた。

俺は鬼翔院の兄妹《きょうだい》に声をかける。出発のこの瞬間《しゅんかん》、憎《にく》まれ口《ぐち》は無しだ。

「よお、俺はお前らの戦い方も実力も知らねえ。道中で適当に戦って判断させてもらう」

「勝手にしろ」

「よろしく。僕も永野さんの戦いを生で見られるのを楽しみにしているよ」

俺は隼人だけと固い握手《あくしゅ》を交《か》わした。

んで、支部長ちゃんだ。

「支度《したく》に必要な金の前入金、助かったぜ。給料の払《はら》いが早い雇い主《ぬし》は、良い雇い主だ」

支部長ちゃんはなぜか沈痛《ちんつう》な面持《おもも》ちだ。

「私は――正直、あなたがロボを討伐《とうばつ》する必要は無いと思っています」

小さな声だった。

「なんでだよ。俺ほど理由がある奴もいねえだろうが」

俺の言葉に顔を上げる。

「はっきり言いましょう。あなたは人生の半分をダンジョンに囚《とら》われました。そして持ち帰った情報は、多くの探索者が一生を費《つい》やしても足りないほどのものです。あまつさえ、今回のロボの件でも既《すで》に十分な貢献《こうけん》をされています」

「――――いっぱいがんばって、かわいそうだね。やすんでなさい。ってことか？」

支部長ちゃんは唇《くちびる》を噛《か》んだ。

ダンジョンに囚われたとか、どれだけ人類に貢献したかとか。そういうことじゃねえんだよ。哀《あわ》れまれる義理もなければ、褒《ほ》められる謂《いわ》れもない。

ただ、俺にあるのは個人的な事情だ。俺自身が心の底からそう望むからこそ、足は前に出る。

「俺を侮《あなど》るな。借りは返すもんだろ」

俺は支部長ちゃんの返事を待たず、背を向けた。

これ以上の話は要《い》らねえ。支部長ちゃんも、蓮と康太君も、田辺巡査部長も、視聴者のみんなも、あとは地上のことに専念すればいい。

俺がダンジョンの階段に足を踏《ふ》み入れると、仲間の三人がすぐ後ろに続いた。さらに後ろから、ぞろぞろと一緒に潜るメンバーが続く。

目標は狼《おおかみ》の王、ロボの首。

ダンジョンアタック開始だ。

幕間『深層の妖精伝説』

地下四五層。

シダによく似た、しかしその大きさは数十メートルクラスの巨木が日差しを遮る。気温も湿度も高い。濃厚な土の匂いが漂っていた。

カスタネットを連打したような、不気味な鳥の声が響く。樹上性のモンスターが枝葉を揺らし、針のような葉がぱらぱらと降り注いだ。

「暑すぎる。長時間の行動は無理だ」

「対偵察ドローン迷彩シート、脱いでもいいんじゃないか？」

「流石にな。生物の気配が多い。他国の勢力がいるとは考えづらいな」

巨木の幹に身を預けていた二人の男が、深緑色のポンチョを脱いだ。

迷彩の戦闘服を着込み、顔には緑色のドーランを塗りたくっている。その手には、銃身下部にグレネードランチャーを取り付けたアサルトライフルを持っていた。

彼らはダンジョン内を偵察する自衛隊員だ。地下三〇層に建設した前哨基地の次を造るべく、危険な深層を少数精鋭で探索していた。

「なんでこんなところまで行かされてるんだか。海外の軍隊が侵攻するなら、見通しのいい二〇層あたりを通ってくるだろうに。わざわざ四五層を移動してくるなんて、隣国にハンニバルでもいなきゃ有り得ねえよ」

片方の隊員がぼやいた。

「言うな。一応、録画録音されているんだからな。それに、何階層まで拠点を設営出来るかで、我が国の立ち位置が変わるんだ」

二人仲良く肩をすくめる。

各国がダンジョンに軍隊を派遣するのには、幾つもの理由があった。

まず、ダンジョンを経由しての侵攻に備えるため。

ダンジョンからモンスターが出てこないように、警戒するのは当然のこと。だが国はモンスター以上に、同じ人間を警戒していた。

謎の多いダンジョンだが、今のところ『全世界のダンジョン出入り口は、同じダンジョンに繋がっている』という説が有力だ。もし十分な物資に体力、それと戦闘力があるならば、ダンジョンを歩いて日本からアメリカに行くことだって出来る。

隣国から陸軍が直接やってくることを恐れていた。

次に、希少な資源や魔法文化を獲得するため。安全に企業や大学が調査できる範囲を広げることは、国力の強化に繋がる。

そして最後は、国力を誇示するため。

モンスターという分かりやすい脅威で、かつ殺してもいい相手が現れたことで、戦争をせずに、各国はそれぞれの軍隊の強さを示せるようになったのだ。

「戦車と対空自走砲持って来て、適当にドローン飛ばせば済むだろ」

「それが出来るのは、兵隊が自前でブーツを買わなくてもいい国だけだぞ」

彼らはお互いの格好を見て苦笑いした。ぱっと見はほとんど同じ服装。だが、下着にブーツ、手袋、果てはライフルのスコープまで自腹で購入したものを使っている。ドローンに積んでいる荷物にも、私物がたくさん詰まっていた。

もちろん、必要最低限のものは支給される。だが、使い勝手が悪く、体を消耗させるそれらを、過酷で命懸けなダンジョン探索で使う気にはなれなかった。

ガサリ。遠くで葉の擦れる音がした。二人とも表情を引き締め、無言で頷く。

片方が音の方向に双眼鏡を向け、もう片方が背後を警戒。音の正体は見えない。

薄暗い樹冠の下を、さらに濃い影が通り過ぎていった。二人には木の葉で遮られて見えないが、おそらくは、大空を飛竜が飛んで行ったのだろう。相変わらず、鳥が不気味な声で鳴いている。

二人の頬を冷や汗が伝った。浅くなりそうになる呼吸を、意志の力で抑え込む。

音の正体が、ゆっくりとシダの陰から身を現した。

全裸の男だった。鍛え抜かれた体に、まるで月面のクレーターのように、無数の傷痕が刻まれている。ぼうぼうに伸びた髪と髭が固まり、薄汚れたスチールウールのようだった。

全裸の男は獣じみた眼差しで、周囲を見回す。猫背で首ごと回す仕草は、まるで恐竜のようだった。地面に指を伸ばし、土を掬ってぺろりと舐める。口をもごもご動かしてから、眉をひそめて吐き出した。

「なんだあいつは……」

隊員は呻《うめ》いた。何から何まで理解不能だった。

「どうした、何がいた？」

お互いに小声で囁《ささや》く。

「全裸の男が土を食べている」

「は？」

背後を警戒していた隊員が、双眼鏡をひったくる。

「マジかよ」

「マジだよ」

二人は顔を見合わせた。こんな階層に、半裸の人間がいるなど有り得ないからだ。

「追跡するか？」

「邦人の可能性がある。声をかけよう」

二人は油断なく、安全装置を外したライフルを構えながら、全裸の男に近づいていく。かなりの距離が開いているというのに、全裸の男と目があった。男は野生のウサギに似た機敏さで、飛び跳ねるようにジャングルの奥へと逃げ出した。

「逃げた！」

「追うぞ！」

そんな隊員たちの耳に、大木をへし折る音が聞こえた。超大型のモンスター、それも竜が接近している兆しだ。

「……くそ、撤退だ」

「わけがわからん。とりあえず上の判断を仰がなければ」

「最悪だ。ドローンのカメラに映っていなければ、俺らが病院送りだろうな」

地下四五層を偵察した隊員からの報告は市ヶ谷を揺るがした。

やれ海外勢力の隊から落伍した遭難者だ、やれサル系統の新種のモンスターだ、やれ妖精種モンスターの見間違えだ、などと様々な意見が飛び交った。

カメラは不鮮明な映像しか捉えられておらず、ハッキリ人間とは認められなかったのだ。

動きや移動の仕方が人間離れしており、余計に混乱を招いていた。

それらの情報が断片的に漏れ出して混ざり、一つの曖昧《あいまい》で胡乱《うろん》な噂に姿を変える。

『ダンジョンの深層には、全裸マッチョのおじさんが住み着いている』

というものだ。この噂は世間にも広がり、ちょっとしたネットミームにもなった。


地下二一層。

俺はスイ達と並んで歩きながら、だらだらとスケルトンをしばいていた。ツヴァイハンダーの一振りで、骨が砕けて崩れ落ちる。

「重量武器持ったらスケルトンくっそ楽だな。ブンしてポンだ」

「そんな、キッチン家電じゃないんだから」

お、このスケルトンは金の指輪してるな。ツイてるぜ。剥ぎ取って、呆れた顔をしているスイに見せつけた。

「儲けたな。んなもん着けてるなんて、こいつら元は人間だったのかね」

「でも生きてるダンジョン人間いなくない？」

「まぁ、人間に似た妖精種はいるが、まんまの人間は見たことねぇなぁ」

そんなのいたら、そもそも人間として認めるかとか、ダンジョンに潜ることへの人道的配慮だとか大問題になるもんな。

「あ、でもそれで言うと、変な都市伝説がありましたねー。ほら、ダンジョン全裸マッチョおじさん」

ヒルネが楽しそうに言った。なんだその、ターボババア並に頭の悪い語感。

「考えた奴、バカじゃね？」

「ダンジョンの奥地には、全裸で這い回り、地面を舐めて土を食べて、空を飛んで逃げ回り、時速二〇〇キロで走るおじさんがいるという噂話ですね」

トウカが教えてくれたのは、荒唐無稽な話だった。大バケモンじゃねえか。

「いるわけないだろ。見たことねえぞ」

「そうだね、ナガは見たことないだろうね」

なぜかスイが溜息をついた。なんだその目は。

「あ、でもダンジョン奥地で変な奴らを見たことがあるぞ。遠目でハッキリとは見えなかったんだがな。人間みたいな姿をしているんだが、肌が緑色なんだよ。それで、目が顔の半分くらいあって、飛び出してるんだ」

「なにそれ怖っ……」

マジで怖かった。見かけた瞬間に逃げたもんな。確か、水源を探して地面の湿り具合を確かめているときに、遠くの木陰で発見したんだっけ。

「少なくとも、ダンジョンの奥には未知の妖精種がいることは間違いないようですね」

「ああ、そうだな」

トウカの言葉に俺たちは頷《うなず》いた。

まだまだダンジョンには謎がたくさん眠っているということだろう。

「ダンジョンの妖精さんですねー」

ヒルネが暢気《のんき》に呟いた。

あとがき

初めまして。本作でデビューとなりました、乾茸なめこと申します。

この度は本作『ダンジョンに閉じ込められて25年。救出されたときには立派な不審者になっていた』を手に取ってくださり、誠にありがとうございます。

変なタイトルですよね。変なタイトルです。断言します。

本当はもっと格好良くて、スタイリッシュで、センスがきらりんちょと輝くようなタイトルを付けたかったのです。でも、どれだけ考えても、ここに行き着いてしまいました。この締まらなさ、格好の付かない感じが、逆に主人公のナガにぴったりなのかなと思っています。


さて、本作を書くにあたり考えていたことについて、少し触れたいと思います。

著者にとっては、およそ七年ぶりに書いてみた文章でした。

様子がおかしい街で、様子のおかしい仕事に就いていたので、その間は文化と呼べるものに触れることはありませんでした。

ひどい地域でした。路上でパンツ丸出しの女が暴れていたり、女装男性の集団にサラリーマンが拉致されていたり、トラックが堂々とビル前に数トンのゴミを不法投棄して逃げていったり……。電柱に登って揺らし、へし折ろうとする泥酔ゴリラなんかいましたね。ああ、エレベーター内で堂々とうんちしている人もいました。逃げ場がなくて大変です。

当時は文章を書くとしたら、食い逃げを捕まえたときの被害届ぐらいでしたね。


余談ですが、あれ結構ひどいんですよ。食い逃げって「支払う気はあった。でも財布がなかったんだ」と言い張ると、刑事事件にならないんです。民事事件になるので、警察は不介入。相手が自ら身分証を出して連絡先を出してこないと、裁判すら出来ないんですよね。

怪しいと思ったら監視カメラでフォーカスして、ポケットに触れる仕草を全てピックアップして「この段階で財布がないことには気づいているはずだ。詐欺の意図があった……」みたいに、何時間もかけて警察の方と検証して、やっと被害届を出すに至るという。

そんな日々を送っていましたので、ダンジョンよりもモンスターと戦う暮らしだったのかもしれません。ナガ、私も戦っていたよ……。

去年ふと我に返り、魔窟を脱出して、日の当たる場所に帰ってきました。そのときの心情を表現するのに一番ピッタリだった題材が、現代ダンジョンでした。本作のモンスターが人間っぽいのは、人間にこそモンスターが混ざっているという意識の表れかもしれません。

ただいま、人間界。


少しだけ主人公と、その周りにも触れたいと思います。

不審者たるナガは基本的に、周囲の人間から引かれています。ヒーローらしくはありませんが、書いていてとても自然な感覚でした。なんだこいつ、と距離を置かれながらも、関わりは持って貰える。魅力には気がついて貰える。良いところ、悪いところを平等に判断して貰える。ある意味で、偏見なく受け入れられた結果の扱いです。

色々な人間が寄り添って生きていく中で、こんな関係性があったら良いな、という理想が詰まっています。「お前なんか変だよ」と言いながらも、一緒にいてくれる優しさがスイ達のドン引きに表れているのです。…………本当かなぁ。

彼を取り巻く環境は、常識に縁取られています。

怒りを示してはいけない。話が通じない相手でも殴ってはいけない。変な物を食べてはいけない。問題を残酷な方法で解決してはならない。

現実世界と同様の、息苦しくなるような閉塞感の中で、彼が見せる暴力に開放感のようなものを感じていただけたら嬉しく思います。良いところばかりではない男ですが、共感できる部分や、憧れる部分を見つけてもらえることを願っています。

最後に、この場を借りまして本作に関わってくださった多くの方々に厚く御礼申し上げます。時系列順に失礼いたします。

制作に先立ち相談に乗ってくださった、しろいるか様（代表作『崩壊世界のアノミーは心の在り処を示せるか』）。

ウェブ連載時に多くの応援をしてくださった読者の皆様。

連載中に相談に乗ってくださった、嶋野夕陽先生（代表作『私の心はおじさんである』）。

打診等の見慣れぬ連絡が来はじめた頃、「詐欺師共め！」と勘違いしていた私に色々と教えてくださった、しょぼんぬ様（代表作『農民関連のスキルばっか上げてたら何故か強くなった。』）。

何も知らない私に懇切丁寧に教えてくださり、共に作品を作り上げてくださった、担当編集者のM様。

最高に格好良いイラストを担当してくださった、芝様。あまりに素敵で空に吼えました。

デザイナー様、校正様、印刷~流通まで関わってくださった皆様。

そして、改めまして本作を手に取ってくださった皆様。

心より感謝を申し上げます。ありがとうございます！

次巻を出せることを、そしてまたお目にかかれることを願っております。では！

HJ文庫 https://firecross.jp/
1220

ダンジョンに閉じ込められて25年。救出されたときには立派な不審者になっていた1

2025年3月1日　初版発行

著者——乾茸なめこ

発行者—松下大介
発行所—株式会社ホビージャパン

〒151-0053
東京都渋谷区代々木2-15-8
電話　03(5304)7604（編集）
　　　03(5304)9112（営業）

印刷所——大日本印刷株式会社

装丁——杉本 臣希／株式会社エストール

乱丁・落丁（本のページの順序の間違いや抜け落ち）は購入された店舗名を明記して
当社出版営業課までお送りください。送料は当社負担でお取り替えいたします。
但し、古書店で購入したものについてはお取り替えできません。

禁無断転載・複製

定価はカバーに明記してあります。

©Nameko Hoshitake

Printed in Japan

ISBN978-4-7986-3780-8　C0193

ファンレター、作品のご感想お待ちしております

〒151－0053　東京都渋谷区代々木2－15－8
(株)ホビージャパン HJ文庫編集部 気付
乾茸なめこ 先生／芝 先生

アンケートはWeb上にて受け付けております

https://questant.jp/q/hjbunko

- 一部対応していない端末があります。
- サイトへのアクセスにかかる通信費はご負担ください。
- 中学生以下の方は、保護者の了承を得てからご回答ください。
- ご回答頂けた方の中から抽選で毎月10名様に、HJ文庫オリジナルグッズをお贈りいたします。

実は最強のザコ悪役貴族、破滅エンドをぶち壊す！

リピート・ヴァイス

～悪役貴族は死にたくないので四天王になるのをやめました～

著者／黒川陽継　イラスト／釧路くき

人気RPGが具現化した異世界。夢で原作知識を得た傲慢貴族のローファスは、己が惨殺される未来を避けるべく動き出す！　まずは悪徳役人を成敗して、領地を荒らす魔物を眷属化していく。ゲームでは発揮できなかった本来の実力を本番でフル活用して、"ザコ悪役"が気づけば物語の主役に!?

シリーズ既刊好評発売中

リピート・ヴァイス 1～2

最新巻　リピート・ヴァイス 3

HJ文庫毎月1日発売　発行：株式会社ホビージャパン

HJ文庫毎月1日発売！

楽園守護者の最強転生 1

出来損ないの神話のゴーレム、現世では絶対防御の最強従者になる

著者／紺野千昭
イラスト／江田島電気

人に転生したゴーレム、神代の力でお嬢様を守る!!

神話の時代、人類を守り死を迎えたゴーレムは、一万年以上先の世界で少年・レナとして目覚め、災厄王の娘リリスを世話し守護する従者として魔術学園に入学することに。多くの魔術師たちが求める最高の生贄でもあるリリスを狙った事件が起きる中、忌名持ちの悪魔までもが学院を襲い――

発行：株式会社ホビージャパン

神殺しの武人は病弱美少女に転生しても最強無双!!!!

凶乱令嬢ニア・リストン
病弱令嬢に転生した神殺しの武人の華麗なる無双録

著者／南野海風　イラスト／磁石・刀彼方

神殺しに至りながら、それでも武を極め続け死んだ大英雄。

「戦って死にたかった」そう望んだ英雄が次に目を覚ますと、病で死んだ貴族の令嬢、ニア・リストンとして蘇っていた――!!

　病弱のハンデをはねのけ、最強の武人による凶乱令嬢としての新たな英雄譚が開幕する!!

シリーズ既刊好評発売中

凶乱令嬢ニア・リストン 1～6
病弱令嬢に転生した神殺しの武人の華麗なる無双録

最新巻　凶乱令嬢ニア・リストン 7

HJ文庫毎月1日発売　発行：株式会社ホビージャパン

世界を飲み込む超級モンスターを討伐せよ!

<Infinite Dendrogram>-インフィニット・デンドログラム-SP

著者／海道左近　イラスト／黒田ヱリ

グランバロアを震撼させたモンスター【屍要塞　アビスシェルダー】。数々のマスターやティアンを飲み込んだその怪物を討伐するべく、船団の反対を振り切って出港した若き女船団長リエラは、道中に不審なクマの着ぐるみを拾い——。超人気VRMMOファンタジー珠玉のエピソード開幕！

シリーズ既刊好評発売中

<Infinite Dendrogram>-インフィニット・デンドログラム-SP.1　南海編（上）
インフィニット・デンドログラム 1～22

最新巻 <Infinite Dendrogram>-インフィニット・デンドログラム-SP.2　南海編（下）

HJ文庫毎月1日発売　　発行：株式会社ホビージャパン

毒の王に覚醒した少年が紡ぐ淫靡な最強英雄譚！

毒の王
最強の力に覚醒した俺は美姫たちを従え、発情ハーレムの主となる

著者／レオナールD　イラスト／をん

生まれながらに全身を紫のアザで覆われた『呪い子』の少年カイム。彼は実の父や妹からも憎まれ迫害される日々を過ごしていたが——やがて自分の呪いの原因が身の内に巣食う『毒の女王』だと知る。そこでカイムは呪いを克服し、全ての毒を支配する最強の存在『毒の王』へと覚醒する!!

シリーズ既刊好評発売中

毒の王 1〜4

最新巻　毒の王 5

HJ文庫毎月1日発売　発行：株式会社ホビージャパン

不器用な魔王と奴隷のエルフが織り成すラブコメディ。

魔王の俺が奴隷エルフを嫁にしたんだが、どう愛でればいい？

著者／手島史詞　イラスト／COMTA

悪の魔術師として人々に恐れられているザガン。そんな彼が闇オークションで一目惚れしたのは、奴隷のエルフの少女・ネフィだった。かくして、愛の伝え方がわからない魔術師と、ザガンを慕い始めながらも訴え方がわからないネフィ、不器用なふたりの共同生活が始まる。

シリーズ既刊好評発売中

魔王の俺が奴隷エルフを嫁にしたんだが、どう愛でればいい？　1～18

最新巻　魔王の俺が奴隷エルフを嫁にしたんだが、どう愛でればいい？　19

HJ文庫毎月1日発売　発行：株式会社ホビージャパン

最強花嫁（シスター）と魔王殺しの勇者が紡ぐ新感覚ファンタジー。

勇者殺しの花嫁

著者／葵依幸　イラスト／Ｅｎｊｉ

魔王が討たれて間もない頃。異端審問官のアリシアに勇者暗殺の指令が届く。しかし、加護持ちの勇者を殺す唯一の方法は“愛”らしく、アリシアは勇者を誘惑しようとしたが――「女相手になにしろって言うんですか!?」やがてその正体が同じ少女だと気付き、アリシアの覚悟が揺れ始め――

シリーズ既刊好評発売中

勇者殺しの花嫁 Ⅰ～Ⅱ

最新巻　勇者殺しの花嫁 Ⅲ - 神殺しの少女 -

HJ文庫毎月1日発売　発行：株式会社ホビージャパン

お兄ちゃん本当に神。無限に食べられちゃう！

クラスで一番かわいいギャルを餌付けしている話

著者／白乃友　イラスト／ぶし

風見鳳理には秘密がある。クラスの人気者香月桜は義妹であり、恋人同士なのだ。学校では距離を保ちつつ、鳳理ラブを隠す桜だったが、家ではアニメを見たり、鳳理の手料理を食べたりとラブラブで！「お魚の煮つけ、おいしー！」今日も楽しい2人の夕食の時間が始まるのだった。

シリーズ既刊好評発売中

クラスで一番かわいいギャルを餌付けしている話

最新巻 クラスで一番かわいいギャルを餌付けしている話 2

HJ文庫毎月1日発売　発行：株式会社ホビージャパン

モブな男子高校生の成り上がり英雄譚!

モブから始まる探索英雄譚

著者／海翔　イラスト／あるみっく

貧弱ステータスのモブキャラである高校生・高木海斗は、日本に出現したダンジョンで、毎日スライムを狩り、せっせと小遣稼ぎをする探索者。ある日そんな彼の前に、見たこともない金色のスライムが現れる。困惑しつつも倒すと、サーバントカードと呼ばれる激レアアイテムが出現し……。

シリーズ既刊好評発売中

モブから始まる探索英雄譚 1〜10

最新巻 モブから始まる探索英雄譚 11

HJ文庫毎月1日発売　発行：株式会社ホビージャパン